U0556539

创 / 意 / 写 / 作 / 书 / 系

One Year to a Writing Life

一年通往作家路

提高写作技巧的12堂课

苏珊·M·蒂贝尔吉安 (Susan M. Tiberghien) 著

李琳 译

中国人民大学出版社

·北京·

"创意写作书系" 顾问委员会

此书献给

亲临过我的工作室的作家们

同时献给

此刻打开这本书的读者们

"万事皆需孕育方能诞生。要使得每一种印象或者萌动的感触在一团漆黑中、在不可表述的状态下、在潜意识里完全展开，成其为自己，往往让人感到力有不逮。作者需要怀着极大的谦卑和耐心等待那种清晰表述时刻的到来——这种孤独会伴随艺术家的一生。所以说：理解的过程即是创作的过程。"

——赖内·马利亚·里尔克（Rainer Maria Rilke）

　　我想要感谢以下这些人，是他们使得这本书的面世成为可能：我的丈夫，Pierre-Yves Tiberghien，以及我们的孩子们；我的父母，Eunice 和 Hollister Marquardt；我的姐姐，Ann Boehm；我的写作之友：Amy Clampitt，Robert Russell，Wallis Wilde-Menozzi。

　　感谢第一期作家工作室的成员：Sally Alderson，Mary Guerry，Sandi Stromberg，Kristina Schellinski，Mavis Guinard，Dianne Dicks。

　　感谢国际女性作家指导协会（International Women's Writing Guild）的同仁：Hannelore Hahn，D. H. Melhem，Pat Carr，Susan Baugh，Maureen Murdock，Myra Shapiro，Eunice Scarfe，Lynne Barrett，Carol Peck。

　　感谢日内瓦作家小组（Geneva Writers' Group）的同仁：Karen McDermott，Alistair Scott，Jo Ann Rasch，Sylvia Petter，D-L Nelson，Kathleen Walsh，Eliza Wangerin，Lang-Hoan Pham，Grace Yagtug。

　　感谢卡尔·古斯塔夫·荣格研究中心（C. G. Jung Institutes）的同仁：Robert Hinshaw，Bernard Sartorius，Christina Ekeus-Oldfelt，Margaret Speicher，Blanche Gray，April Barrett，Janet Careswell。

　　感谢巴黎作家工作室（Paris Writers' Workshop）的同仁：Ellen Hinsey，Rose Burke，Denis Hirson，David Applefield。

感谢哈德逊河谷作家中心（Hudson Valley Writers' Center）的 Dare Thompson。

感谢参加日内瓦作家会议（Geneva Writers' Conferences）的同仁：Thomas E. Kennedy, Stephen Belber, Lee Gutkind, Larry Habegger, Isabel Huggan, Michael Steinberg, Peter 和 Jeanne Meinke。

尤其要感谢我的代理人 Susan Schulman，她对这本书满怀信心。还要感谢我的编辑 Renée Sedliar，她真心理解这本书。你们都是我写作生涯中的礼物。

让作家去定义写作，你会得到许多种答案。安妮·狄勒德①称之为"生活之自由的最大化"。朱莉娅·卡梅伦②认为"写作是一种朴素的生活"。对于斯蒂芬·金③而言，写作是"更明亮、更愉悦的所在"。从小威廉姆·斯特伦克④，到布伦达·尤兰⑤，再到约翰·加德纳⑥，作家们

---

① 安妮·狄勒德（Annie Dillard, 1945— ），美国作家，以创作虚构及非虚构的叙事诗闻名。1974 年以《溪畔天问》获得当年的普利策奖。她曾任专栏作家，作品经常出现在全美的主要杂志。——译者注。本书注释凡不另外说明的，均为译者所注，全书同。

② 朱莉娅·卡梅伦（Julia Cameron, 1948— ），小说家、剧作家、作曲家、诗人，是美国戏剧、电影和电视圈中的知名创作者，享有极高的地位。积极投身于艺术创作 30 余年，获奖无数，被誉为美国"创作教母"。至今出版了 30 多本书，包括诗集、短片故事、小说等。最广为人知的作品是 1992 年出版的《艺术家之道》。

③ 斯蒂芬·金（Stephen King, 1947— ），著作颇丰、屡获奖项的美国畅销书作家，曾担任电影导演、制片人以及演员，以写作恐怖小说著称。他的作品还包括科幻小说、奇幻小说、短篇小说、影视剧本及舞台剧剧本。大多数作品都曾被改编到其他媒体，像是电影、电视系列剧和漫画书。2003 年获得美国文学杰出贡献奖章。

④ 小威廉姆·斯特伦克（William Strunk Jr., 1869—1946），康奈尔大学英语系教授。他与学生 E. B. 怀特一起完成的作品《风格的要素》于 1918 年出版，对 20 世纪后期的英语写作产生了巨大影响。

⑤ 布伦达·尤兰（Brenda Ueland, 1891—1985），做过记者、编辑、自由作家，同时教授写作。作品包括《如果你想写：一本关于艺术的书》和《独立与精神》。

⑥ 约翰·加德纳（John Gardner, 1933—1982），美国小说家、散文家、文学批评家。最出名的作品为《格伦德尔》，这部小说从怪兽格伦德尔的视角重新讲述了贝奥武夫的史诗神话。

提供了各种建议鼓励人们写作。所有的说法最终都归结为一个基本的道理：写作是一种创造性的生活。本书即邀请你进入写作生活。如果你已经是此道中人，那么本书可相伴左右，为你提供灵感和指导。

对我来说，写作已经变成这样一种生活：它是清晨叫醒我的鸟鸣，也是午后阳光的流连；它让生活降速，以触摸每一个瞬间，强化每一种内在的感受。当我真正开始这样生活的时候，我已经五十岁了。虽然此前，我也一直在写信、写不同种类的文章以及日记，但是从没有把自己认作一个作家。事实上，由于我生活在一个不说英语的国度，我一度认为我的创意写作生活已经走到了尽头。我的生活安排得满满当当——陪伴我的法国丈夫、六个说法语的子女，法国亲戚和朋友，业余时间在法国讲课（还有比利时、意大利和瑞士）——此外我还有别的渴望。我开始意识到我想成为一个作家，去满足我那旺盛的创造力。重新回归英语写作的时候，我开始记录我的梦境，有规律地写作，并开始构思故事。

作为五十岁生日礼物，我平生第一次去参加了写作工作室。在那里，我遇到了著名诗人艾米·克兰皮特。当时她六十岁，是第一次来讲课。我们很快成了朋友，分享对于一小片百日菊的惊奇，以及对翠鸟起飞时的样子的感慨。她嘉许我的文字，给了我信心。我开始在评论杂志上发表一些短篇故事和散文，同时开始了我作为一个作家多姿多彩的生活。

我从片段逐渐拓展到更长的叙述篇幅，我将所写的内容扩充成了关于梦境、关于沉默的祷告者，以及关于跨文化的三本书。当我开启写作生活的时候，这种生活方式也同时进入了我。我发现分享这种生活是很自然的事情，于是我开始在欧洲和全美的工作室授课——在作家中心，在国际女性作家指导协会的会议上，在荣格研究中心，以及每个月在我居住的瑞士日内瓦。其中许多参与者的作品都得到了发表，而且许多人都会持续参加工作室，珍惜每一次回归自我的机会，将自己沉浸于写作的状态中。

《一年通往作家路》是从过去十五年工作室的授课中选取出来的十二堂课。这些课程融合了灵感启发与具体写法，它们的第一个要素是灵感。为什么第一个要素是灵感？因为我相信写作是一种生活方式：这种信仰来源于实践。这是一种习惯——一种写作的人会有的写作的习惯。习惯这个词不仅指有规律的作息，也包括进入某种特定状态时的衣着习惯，比如围一条披肩。如同僧侣有传统的穿戴，作家也可以形成这样的习惯。作为作家，我们是找一处舒服的地方，披上披肩，就可以写作的人。

写作源于我们每个人身上都具有的创造力源泉。这也是所有精神传统的源泉。对我而言，这个源泉就是上帝。对其他人，可能是真主安拉，儒释道，或者灵魂本身。当我们接近这些源泉，我们就成为与我们的造物主共同的创造者。如果源泉之井被封堵，水就不会涌出。但是如果我们清除这些障碍，我们的创造力就会得到释放，并触及我们周遭的事物。灵感就像呼吸。我们吸入灵感，然后挖井取水。而当我们吐出灵感，我们就像带上了打来的水。我们用文字来实现这一切，在黑暗中寻找故事，然后把它们带到光明之处。

课程的第二个元素是写法，因为我相信写作是一个循序渐进的过程。我欣赏那些措辞巧妙栩栩如生的句子，那些透露秘密的机巧对白，那些徘徊在脑际随后潜入心底的诗篇。正是需要不断的打磨，我们才可以提升写作技巧，捋清思路，锐化我们的感知——不管是对我们自己的，还是对周遭世界的。我们需要像艺术家那样工作。

灵感与写法同样需要通过持续的阅读和思考进一步加强。有一次艾米·克兰皮特在一个作家会议上被人问道："作家最需要的是什么？"她的回答是："前人的作品。"我们是站在前人的肩膀上进入这个世界的——那些数个世纪以来的思考、反思，所讲述的故事以及梦境。我们通过阅读他人，通过理解我们共同的深层联系来学习。

正是这种灵感启发和具体写法的融合巩固了本书的基础。每一章的写作范例都包含来自数个世纪的作品（尽管大部分是当代的），以显示不同的作者如何组织他们的语言并将他们的声音传递给世界。你会学到柏拉图、圣·奥古斯丁、蒙田、弗吉尼亚·伍尔夫、布伦达·尤兰、爱德华多·加里亚诺①、安妮·狄勒德、泰瑞·坦皮斯特·威廉姆斯②、奥尔罕·帕慕克③等许多作家的作品。此外，还包括针对爆发式写作技巧、加强技法以及形成自己文风的建议的指导练习。

《一年通往作家路》是一本适应你自己节奏和兴趣点的书。十二堂课的结构具有很强的适用性。你可以一个人学习，就像跟随一个工作室一样，每章花两个小时，包括做练习的时间。本书原本设计是每月一

---

① 爱德华多·加里亚诺（Eduardo Galeano，1940—　），乌拉圭记者、作家和小说家，生于蒙得维的亚，14 岁时创作的政治漫画被报刊采用，先后担任过周刊、日报的记者、编辑、主编。1973 年乌拉圭发生军事政变后入狱。曾流亡 12 年并被列入阿根廷军政府的死亡名单。著有《火的记忆》和《拉丁美洲被切开的血管》。其作品已被翻译为 28 种语言。

② 泰瑞·坦皮斯特·威廉姆斯（Terry Tempest Williams，1950—　），美国作家、环保主义者和社会活动家。2006 年以《荒野社会》获得罗伯特·马歇尔奖。同时获得过美国西部联合文学会特别成就奖、兰南文学奖、古根海姆基金会奖等。

③ 奥尔罕·帕慕克（Orhan Pamuk，1952—　），享誉国际的土耳其文坛巨擘。2006年诺贝尔文学奖获得者。

课，但你可以加快速度，不用那么长时间；也可以花比这更长的时间，反复学习要点和例子，阅读书中提到的参考书目，并更专注于练习。尽管每一课确实基于前一课的基础，但也可以打乱顺序阅读。毕竟，要服务于你自己的写作生涯，你完全可以按照最适合自己的方式来学习。

本书也可以用于另外一种多人学习的方式，通过组织一个写作小组或者在一个课堂上教授写作项目，从而与他人一起分享这些写作指导、例子和练习。写作小组是非常难得的，写友也是这样。写作是件孤独的事情。有时候你会渴望其他写手的陪伴，因为在一个写作小组里你可以获得写作的能量。如果你无法加入现成的写作小组，那么就自己创建一个。邀请一些朋友到你家来，然后一起写作。按照书上的课程安排，先读例子再一起做练习，然后分享彼此的作品，彼此倾听并互相学习，并感谢这些专心致志的时刻。

通往作家路的这一年从最容易的"日记写作"开始。当你每天写一点，日记就会成为一种日常练习。在学习完日记写作之后，你可以来到第二课"个人随笔"，这是一种反映每个人独特视角的更丰富的非虚构写作形式。个人随笔之后是第三课"评论和游记"。从你的日记出发，你就可以开始第四课"短篇小说"的写作了，尤其可以关注"小小说"的写作。

第五课"梦和写作"，带你探知另一个层次，同时要求你更深地融入。梦境一直以来都是作家创作的途径之一。这一课将指导你根据自己的梦境写作，挖掘你自身的创造力。接下来是第六课"对白写作"，就是那个非常难写，但是一旦写好，就可以使读者立刻进入故事情境的东西。在完成了这些以后，你可以将故事、梦境和对白整合在一起，继续学习第七课"故事：传说、童话和当代寓言"。第八课是"诗化散文和散文诗"，再次关注诗性的元素，鼓励你审视节奏、意象和浓缩化的写作。

第九课"想象力的点金术"，要求你做最后一次思想上的延伸，这种深入的写作就像通过点金术这种古老的魔法，在过往的生活经历中提炼出内在的精华。第十课"拼贴作品和回忆录"，这一年以来你所构筑的不同片段都将像马赛克一样被拼贴起来，以回忆录的形式呈现出来。这种马赛克一样的拼贴形式也可以用于小说写作。第十一课"作品修订"，检验究竟是什么成就了优秀的作品，并指导你再次审视自己想要表达的东西。最后，第十二课"写作的回归之路"，将告诉你写作如何成为一种属于你自己的方式，用于发现自我的核心所在，以及你真正的归处。

在《回忆·梦境·思考》中，荣格描述过一个他早年的梦境："一个不知身处何方的深夜，我顶着大风艰难地缓慢前行。浓雾被吹得到处都是。我用手心护着一小点烛火，这烛火随时都可能熄灭。但我需要竭力维持，因为一切都仰仗这一捧微光。"这就是存在于我们每个人心中的微光，这光芒可以经由我们照亮世界。

本书将引领你到达这光芒所在。通过你的文字，你将成为为这个世界带来光明的使者。

目录 | Contents

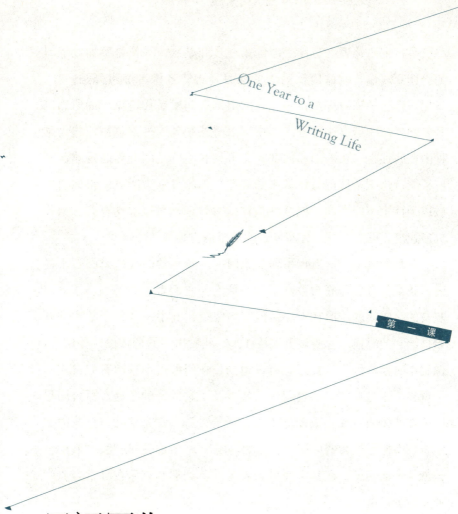

One Year to a

Writing Life

第 一 课

日记写作

　　写日记，是迈上写作生涯的第一步和基础。写作是要加以练习的。作家写作，就像田径运动员练习奔跑或者舞者练习舞蹈一样。日记写作这种练习裨益良多。你的遣词造句赋予你所见所闻所感以真实的生命。借由这种方式，你可以将感知到的外部事物转化为某种内在的存在，在外部和内部、在可见和不可见的世界间搭建起一座桥梁。这正是日记写作带来的裨益。你的日常生活可能将你引向数以千计个不同方向，但全神贯注地写日记却可以去伪存真。当你放慢速度、开始书写，你将发现你周遭的世界焕然一新。

　　在我的日记中，当我写到我家门前一条寻常的灰色鹅卵石小径时，我低头看着脚底为数众多的小卵石，它们看上去都差不多——灰灰的，暗淡的，形状不一。但是当我拾起其中一枚置于掌中并开始描绘它的时候，它便显出独特性来。我看出它的形状像一栋房子，像我小时候的画作。我想象有一道门，在门那边小鹅卵石们自成一个世界。正是在书写的过程中，我触及了它的奇妙之处。写公园里的一棵橡树或者在一束阳光中荡秋千的外孙，都是这样，是我的文字将我引向了生命的更深处。正如玛丽昂·伍德曼[①]所写："我的日记就像一面镜子，在其中我可以看见并听到那些充斥在日常经验中的真谛的回响。"

日记写作简介

　　我的日记是一些零星拾遗：我从一天当中拾获的遗珠，就相当

---

　　①　玛丽昂·伍德曼（Marion Woodman，1928—　），加拿大作家，女性运动领袖人物。她曾受训于苏黎世荣格研究中心，也是女性心理学领域最广为人知的作家之一。出版作品有《骨：向死而生》。她曾于 1993 年罹患癌症，现在是玛丽昂·伍德曼基金会的主席，该机构致力于基于荣格心理学的身心灵修习课程。

于那些我在瑞士酒庄漫步时捡到的采摘后遗下的葡萄粒。法语把"一天"称为 jour，准确指出了日记的含义：一天的工作，一天的发现，日记将其一一记下。英文中的"日记"（journey）也有这个词根，在字典里解释成一天的旅行。所以，日记就是一日的旅行。

我并不会刻意地、绝对地在日记里写下每一天的生活。但我总是把日记本带在身边，时不时地记下我沿途的收获。我记录梦境（甚至只是一个闪回），记录刚刚割过的青草的味道，记录与孩子们的对话，记录黄昏时天光变幻出的一抹晚霞，记录精彩的书摘。我收集沿途散落的果实——既包括那些被遗弃的烂果子，也包括那些尝起来味道欠佳的果实。我也拾取花朵，拾取压扁的梅花，或夏末秋初变得金黄的树叶。我的日记本就像我的书桌一样，满是各种笔记和纪念物。

我的一天从静谧的早上开始。我走向我的书桌并静静坐下。经过片刻的默祷与沉思，我开始写作。这是我经常开始写日记的时刻，不过也并不是每天早上都写。有时我只是看看窗外，然后像开启日记旅程那样度过我的一天。当一朵花在晨光中绽放，当我被一片云朵吸引，我都会将它们写进日记。

布伦达·尤兰在她于 1938 年初版的经典作品《如果你想写作》中写道，她有一本写了很多年的、潦草的、不假思索的、记得乱七八糟的日记。她在上面不断书写，日复一日，她说这东西"有时及时和精确得就像天国职掌记录的天使"。这并不是"今天午饭吃了什么"那类日记，而是在记录任何她想到、看到或感觉到的东西。在背后推动这种书写的，是去接近那些能够引起她兴趣的东西。她曾经写道，这使她崇敬写作这种行为。而此前，她只认为写日记是种无聊、令人恐惧又劳神费力的事情。是日记写作使她发现了自我，发现了哪些是该放弃的，哪些又是该得到尊敬和热爱的。每一个写下的句子都使她有所获得，变得更好，加深了对这个世界的理解。她确信她的每一位读者也必然如此。

已故的乔治·普林顿是《巴黎评论》杂志的编辑，在出版《国内外》后接受的一次采访中曾经被问到，他对于如何激励作者有何建议。普林顿说："坚持写日记。如果你想从事写作，最好的方法莫过于开始去写。"而且最好立即动手。他说他曾经在部队开过坦克，如果坦克闲置太久的话，就会变得很难开。他需要不断开动坦克以保持它的性能。这就像一个作家应该笔耕不辍，勤加练习，坚持不懈。普林顿说他此生最大的遗憾就是没能在年轻的时候保持写日记的习惯。

那么为什么要写日记？原因如下：

——建立一种写作习惯（一种作家写作的习惯）

——保存记忆（场景、个性、对话、事件）

——发现你的所思所感（每一次都更为深入）

——找到自己的声音（你的笔调何时听起来最自然？检查一下日记记录的时间，看看一天中的何时何地你最容易进入写作状态。找到自己的写作习惯）

——投入冒险（在私下场合）

——为故事埋下种子（从意象到故事）

本书中的每一课都会有自由写作的机会。通过这种方法，你可以甩掉那个挑剔的自我——那个总是插话，告诉你写得还不够好的家伙。本书结尾处还会有指导你如何对作品进行修订的章节，但是现在，先别理那个内心的批评家。在自由写作中，你只需要不停地写，不修改，也不重读。纳塔莉·戈德堡在《再活一次》中写道，要坚持限时写作，不论是十分钟还是半个小时，要保持你的笔一直在动。朱莉亚·卡梅伦在《艺术家之道》中建议清晨写三页作品，严格按照意识流的写法，每天早上醒来第一件事情就是写作，这样可以削减我们内在干预机制的作用。你所需要的全部就是几张纸或空白的日记本，一支笔，一个能坐下来的地方，然后，专注于内在的书写欲望。

现在停下来，写一则日记。写下时间，地点，日期和一个简短的开头——如同布伦达·尤兰所要求的那样，潦草、不假思索、一往无前、冲动而且诚实。从这一刻就开始写，你的所见所感，所思所想。自由地写。皮特·埃尔伯在《写作无师自通》中建议，自由写作就是不间断地写。或者信马由缰，流畅写作，像马琳·希卫在《自我之声》里强调的，这种方式就是让你的写作从笔尖流泻到稿纸上。给自己限时十分钟，写下你当下的所见所感，无论你身在何处，从这一地点和时间开始写起。

 写一则日记的开头。限时十分钟。

写完后给你的这个开头部分取个题目。花几分钟时间做这件事。起名字是很重要的，这可以赋予你的作品一种整体概念并且容易再次找到开头。你可能会想要强调你的标题。

日记写作范例

以下是两个日记写作的例子，显示了在一则日记与你所能经历并发现的广阔的可能性之间，文字内容是如何一以贯之的。第一个例子来自伯吉尔德·妮娜·霍尔泽的《在天堂与人间漫步》。她的这本书跨越数年写就，采用日记的形式追踪她个人的足迹，并且以此帮助他人寻找属于他们自己的道路。霍尔泽告诉我们，当我们写日记时，就如同进行一次漫无目的和方向的散步。一天开始，闲游片刻，写上一会儿，然后停下来。我们会获得一些片段，或者是一些感性的记录。随后在下一次，很快，我们就有了很多这样的片段——关于我们自己的，以及我们对于外部世界的认识。以下是霍尔泽记录的一个片段。

1987年9月23号，周一，中午，旧金山

今天早上我在拂晓醒来，然而当我穿戴整齐后却突然感到筋疲力尽，而且昏昏欲睡。于是我决定再去睡一个回笼觉。没准是因为梦还没有做完。我望着卧室窗外，一只鹰飞过，落在了一棵大松树的顶端，静候着曙光。这时太阳正要升起，鹰头面向着东方。我来到窗前站着，它的头转了一下，看到了我。随后它扭过头，继续看着太阳。于是我也决定坐下来，等着日出时刻的到来。

在我呆的地方最近到处都是鹰，即使这里是城市。这可真奇妙。

我回到床上梦到了黎明，梦到了我漂浮着，在珊瑚色的光芒中失重。

有时候一件事情看起来与另外一件无关，但事实并非如此。诀窍就是把它们记录下来，没什么要搞懂的。仅仅只是记下来，一次记一个画面。

去记下来，一次记一个画面。看到了鹰，就记下来，跟从着这个画面。学鹰的样子守候日出，随后就会梦到漂浮在珊瑚色的光芒中。

第二个例子选自埃蒂·希尔萨姆的《被打断的生活》。这是她在阿姆斯特丹最后两年以及随后在韦斯特伯格临时营地的日记。此后她就被每周开行一次的运输车送往了波兰营地。她于 1943 年死于奥斯维辛集中营，时年 29 岁。

摘自日记开头部分，1942 年 3 月 14 日，周六早上，十点

我窗外的树枝都被修剪干净了。以前的夜晚，星斗静静地挂在浓密的枝头，就像闪闪发光的水果，而如今它们怯怯地、不确定地攀上那遭到踩躏的光秃秃的树干。哦，是的，这些星斗：在夜晚，它们迷失，被遗弃在广衰的旷野中，孤独凄凉，无依无靠。

有那么一刻，在树枝被剪断时，我变得伤感起来。那一刻我如此悲伤。随后我意识到：我也可以爱上新的景致，以自己的方式爱它。现在矗立在我窗前的这两棵树像高大憔悴的苦行僧，也像刺入明亮天空的两把匕首。

周二晚间，我的窗外再一次硝烟四起，我躺在自己的床上，眼睁睁地看着它们发生……

希尔萨姆日复一日地在纸页的记录中发现自我。每一则记录都带给她更深的理解和能量。读者可以明白，在她努力将被砍伐的枯枝视为新景致的时候，她倾注了自己的悲伤，在那里，树干像充满威胁的匕首刺入明亮的天空，而她，只能以自己的方式爱着这新的一切。

现在把这两个例子再读一遍，并寻找能够引起你共鸣的意象。慢慢地读，然后选中那个画面。在霍尔泽的日记中，她选中了鹰。

在希尔萨姆的例子中，是被修剪的树枝，像闪耀的果实一样悬挂在枝头的星星，被毁坏的树木，还有看起来像憔悴的苦行僧的树干。用这种方式训练你自己关注画面中的意象，然后把它们记下来，一次完成一个。这样你周遭的世界就会变成一个每天为你提供新视野的大屏幕。

 慢读以上两个例子，勾选然后记下引起你共鸣的种种意象。限时五分钟。

接下来我们回到你先前写的那个日记开头，慢慢读，然后选中那个唤醒你的意象，那个颤动的画面。如果你在日记中找不到这样令人激动的画面，那就闭上双眼，让它自己浮现，让它以自己的方式呈现出来。这时出现了什么意象？如果你已经挑出了一些意象，那就从中选择一个。充分调动自己的想象力，用自由写作的方式描绘它。让你脑中的意象引领你，而非动用意识。再看一次霍尔泽是如何向那只鹰学习凝视日出的；希尔萨姆是怎样从被砍伐的树木写到苦行僧以及那刺入天空的两把匕首的。

 以自由写作的方式描述一个取自你日记的意象。限时十分钟。

以日常意象描绘的曼陀罗

在本书中，我将两次用到曼陀罗。曼陀罗在梵文里是圆的意思，象征完整，是宇宙整体的象征。曼陀罗第一次出现要追溯到三万年前的旧石器时代，这个图像被雕刻在南非的岩石上。不论曼陀罗呈现出石刻画，还是星辰、玫瑰的形式，它都指向唯一的中心。当你抵达这个中心，你就与宇宙融为一体。当你凝视一株曼陀罗时，你的目光会汇聚到中心。从这里开始眼睛向外看到周围环绕的事物，然后还是会回到这个唯一的中心。

这就解释了为什么藏传佛教把曼陀罗当作冥想的对象，可以引领信众到达整一的世界。也正是如此，哥特式教堂的玫瑰窗设计才可以引领灵魂向神圣处飞升。还有，在北美的原住民传统中，曼陀罗代表灵魂对整一的寻觅，以及心灵治愈。

卡尔·荣格在中年开始研究曼陀罗，当时他正在深入地研究梦境。他开始每天早上在笔记本上画圆圈，把它们视为自我意识的密码。他也经常在曼陀罗中心引出意象——比如，他在《回忆·梦境·思考》中描绘的一朵兰花从梦中绽放。在梦中，他发现自己在利物浦，在尘土飞扬的城市中向着一圈光亮走去。还有一个池塘，池塘中心有一个小岛。小岛的中心是一棵玉兰树。它矗立在阳光之下，与此同时，它本身也是光芒的所在。荣格把这朵兰花置于了他的曼陀罗的中心。

我经常也会在我的日记中用铅笔描绘简易的曼陀罗，选取从梦中得到的意象或者围绕在我周遭的什么东西，然后让我的想象布满整个空间。有时我会多次描绘一个意象，让它环绕在中心周围，也有些时候让它弥漫整个曼陀罗。我把我的曼陀罗称为灵魂地图，我还给它们起不同的名字。当我回看日记和我的每一幅曼陀罗时，我都能够感受到当时描绘它们的时刻。这些曼陀罗就相当于是我沿途的路标。

这里有一张我很多年前画的梨花绽放的曼陀罗图，那时我刚开始试着在日记中画曼陀罗。那是我们刚搬家后不久。我看着从老房子那里移来的梨树,然后把它画在了日记中。我希望它能够生根发芽然后开出大量可爱的白色梨花。我开始画花,先用铅笔在中央点出黑色的种子,然后画出了带五片花瓣的花朵。当我看着这些种子,花瓣慢慢开始生发,不是五个,我画了十个,然后是十五个,然后渐渐充满了曼陀罗的周围空间。

梨花绽放,贝尔维尤,1999 年 6 月

所以,在"日记写作"这一章,我要求你也画一幅曼陀罗。拿一张纸,然后画一个让你感觉大小合适的圆。看着你的图然后在中央找一个圆心。将你脑海中的意象置于这个圆心,或者让图形环绕中心。然后用圆圈、线条或者图像,按照自己的想法填满剩余的空间。别担心自己的绘画。你只需要沉浸在这个练习里:让自己随手涂抹,随心所欲。

画一幅曼陀罗,让你的意象引领你。限时十分钟。

看着你画的曼陀罗并给它起个名字。不要着急。想想我们是如何给自己的孩子起名字的，想想我们花了多久反复琢磨第一个名字。当我们命名了某样东西，我们也就认识了它。这是你的作品：赋予它一个名字吧。

为日记中的意象写一篇故事

我认为记日记的原因之一就是为日后写故事埋下种子。你要为你的意象写一个怎样的故事呢？你已经在日记中对它进行了描绘，还把它画入了曼陀罗中。还有什么是这个意象中未展开的部分呢？

下面是关于我的梨树的一个故事，写得像一篇散文诗，摘自我的一本回忆录《环绕中心》。这篇文章要早于我画白色梨花的时候。那时我还住在我们的老宅子里，我坐在我的书桌前望向窗外前院那棵瘦削的缀着零星花朵的梨树。它使我想到我那遭受阿尔兹海默症折磨的婆婆，既佝偻又瘦弱，被固定在养老院的一把轮椅中。我书桌上有一张刚刚收到的明信片，印的是梵高的《一树梨花》。他笔下画的梨树大小和形状正像我的这一棵。二者同样瘦小而弯曲，甚至歪向同一个方向。但是梵高画上的梨花是那样美好繁华，这使我意识到花开的繁盛与否在于是谁在注视着它们。

《梨树》

就在我的窗外，在前院的正中，有一棵歪斜的小梨树。树干是深灰色的。它开着花，零星的花朵缀在枯瘦的枝丫上。我简直不想看到它。很多年前种下的它，即使在有木桩在一旁支撑的情况下，还是长歪了。当我最终拔掉木桩时，我简直害怕它那患了厌食症似的树干会倒下来。

我父亲的母亲，罹患了阿尔兹海默症，被捆在轮椅中，上身紧紧围着一条羊毛围巾。她的表情由于充满不信任而显得茫然。她的眼睛就像两个深灰色的洞，我想在其中找些光亮，但只看到了暗淡。她的手试着系紧毛衣上的最后一个扣。

今天收到了一张印着梵高《一树梨花》的明信片。它深灰色的树干扭曲着，树枝又丑又歪。粗粝的笔触，隆起的色块，这正画出了层层叠叠的白色花朵被黑色树叶环绕着的画面。

梨树的形象使我想到了我的婆婆和梵高所画的梨树上的繁花。正是由此，使我想到我要在自己的梨树上画出层层叠叠的白色花朵，以及我婆婆的黑色眼睛。几年之后，从中心的黑色种子到成倍生发的白色花朵，我画出了自己的曼陀罗，正是以梨花为意象。

现在请开始以一个你自己的意象构思一篇故事，然后写成一篇作品。可以只写一段。想象自己是个陶艺家，黏土就是你想象中的意象。为了让黏土成为一只水壶，需要你的双手。一个意象也是这样：为了展开这个故事，需要你的文字。

利用你的意象构造一个故事并写出一篇作品。限时十分钟。记得给它起个题目。

日记写作要点

现在让我们来看另一种日记体的作品，梅·萨顿在《孤独日记》

中讲述了深抵母体核心、寻觅自我本源的感触，她说在那里所有的情绪都莫可名状。在《书写女性》一书中，卡洛琳·海尔布伦认为1973年出版的萨顿作品是现代女性自传的转折点。若干年前，萨顿出版过《植梦深处》，优雅地描绘了她如何奇遇般地买了一套房子并独自生活其中。随即，当她收到读者来信，说希望以她为榜样，独自生活在新英格兰时，她才意识到她理想化了自己的独居生活，而掩盖了自己的暴躁和绝望。她以一种老式的浪漫怀旧风格写作女性自传，唯美化自己的生活。她以《孤独日记》迂回地记录了自己的愤怒和隔离之感。

9月15日

就在此刻。雨。我望着枫树，叶子已经变黄，钟鸣，鹦鹉叫，它自言自语，雨滴轻轻敲打着玻璃窗。我数周来第一次独处，第一次最终过起我"真实"的生活……

《植梦深处》为我带来了许多工作上的朋友（很难回应，人们以为在我身上找到了知己）。然而我开始认识到，我不自觉地使那本书给了他人一种假象。我真实生活中的困扰和烦躁——难与人言。现在我希望打破这重重壁垒，回到母体。那爆裂和愤怒从未解决……我对独处的需要仅仅是我对抗自身恐惧的一种平衡，有时我会突然跌入巨大的空寂中，而那是多么可怖的时刻……

母体是事物在其中诞生和孕育之所，就如同在化石、宝石和水晶中蕴藏了天然物质一样。萨顿只是展示了我们可以走多远，如何破除重重障碍，深抵母体本身。她邀请你，她的读者，一起深入母体，在巨大的空寂中挖掘你内含的创造力。

最后一个练习：写一则让你内心有所触动的日记，不要害怕表达愤懑和挫败感。你今天的真实感受如何？当你释放自己的情绪时，让它们流露于文中，这些文字将带你抵达自己的真实内心。尽可能深入地书写。写下日期、时间，然后用梅·萨顿的句子作为开头："就在此刻……"

 再写一篇日记开头，力图写出深度。限时十分钟。找一个新题目来设计自己的第二篇日记。

当你以这种方式写作时，你就开启了自己的内在世界。你让一些可见的事物引领你进入了那不可见的世界。你成为了两个世界之间的桥梁。这既是为你自己搭建的桥梁，借以发现更深的自己；也是为你周围的其他人搭建的桥梁，借以发现你们共同拥有的人性。

※　※　※

这堂课中一共有五个练习。你可以在学习完本课后，一个接一个地完成。也可以把它们分开，每周集中完成一个练习。在第二种情况下，你可以第一周写第一则日记练习。描述意象和画曼陀罗可以放在一起，在第二周完成。在第三周你可以依据你的意象写一个故事。然后在最后一周，写第二则日记练习。

※　※　※

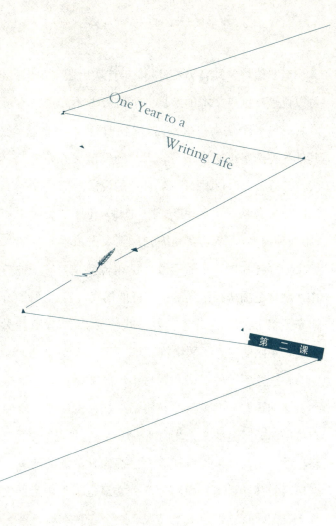

One Year to a

Writing Life

第 二 课

个人随笔

当罗伯特·阿特万在 1986 年首次出版《美国最佳散文选》时，可以说是对世界文本的赌博。阿特万并不知道他本可以有更多好文章辑成另一个选集。事实是，此后每年，不仅这个系列得到延续，其他各种选集也层出不穷，大量随笔散文开始繁荣。尽管曾经被视为"二等公民"（按照 E. B. 怀特的说法），随笔在今天早已取得了正式的地位，从《纽约客》到《非虚构创作》，从《大西洋月刊》到《第四种类型》，从《新闻周刊》到《太阳报》再到《基督教科学箴言报》等各种报刊，随笔散文正在转型成为另一种类别的非虚构写作，题材范围从社论到游记和肖像描写，再到评论和回忆录。"随笔遍布了整个文坛，"作家安妮·狄勒德说，"没有什么是你不能用它写的，不限题材，不限结构。"

在这些不同的形式和题材中，散文是长篇非虚构作品的基本单元。当纳塔莉·戈德堡写《再活一次》的时候，她的每一章都像是自成一体的随笔散文。艾丽斯·沃克①的非虚构作品《我们的所爱终将得救》中，许多篇章初看上去都像是独立的随笔。凯瑟琳·诺里斯所写的《达科他》中的大部分文章也都采用了散文的形式，同时加入日记、诗歌以及天气情况。这个现象在斯蒂芬·金的《写作这回事》中再次得到了印证。这种片段式的写作，金把它们称为"快照"，是在"模糊的景色中映衬出来的"特定回忆。

在第二课中，你将学习如何写这种"快照"。通常，你的散文的主题都会在你的日记开头中有所体现——当你重读自己的日记，总会有这样的时刻，你停下来并开始思考，而这里就是一篇散文的种

---

① 艾丽斯·沃克（Alice Walker，1944—　），美国黑人小说家、诗人和社会运动人士。1982 年发表了长篇小说《紫色》。该书在 1983 年一举拿下代表美国文学最高荣誉的三项大奖：普利策奖、美国国家图书奖、全国书评家协会奖。1985 年著名导演斯皮尔伯格将其拍成电影。

子所在。这是你进入写作生涯的一种重要练习。你的日记就像是你的花园。你应该回到花园中去寻找那些准备盛放的种子。

非虚构写作入门

在我们进一步了解散文的历史、元素和结构之前，不妨先来看一下被称为非虚构作品创作的大概图谱。这个术语在 20 世纪 70 年代首次被美国国家艺术基金会使用，用来形容一种新型的新闻报道，比如楚门·卡波特 1965 年的报道《在冷血中》，琼·迪迪翁 1968 年的报道《向伯利恒跋涉》，以及盖·塔利斯 1971 年的报道《父辈的光荣》。这些作家采用了小说技巧来写新闻报道。卡波特的初衷是为《纽约客》写一个系列报道，内容是报道 1959 年发生在堪萨斯州的四个持枪凶手血洗克拉特家族的案子。但是当他抵达那里，约谈了他们的邻居、朋友、警察、陪审团成员，并且和两个嫌疑凶犯隔着玻璃交谈之后，他没有将这个事件写成一篇传统的新闻报道，而是呈现了一种个人经历和当中的曲折始末。

在《非虚构写作艺术》一书中，李·古特坎德描述了四种掌握这种写作类型的技巧：

——润饰描写。不要人为地追求精确，要加强人物性格和场景设定的戏剧化效果。

——使用对白。重塑你印象中的会话场景，但是不要写那些并未发生的对话。

——加入内在的视角。让读者通过你的眼睛亲临实境。

——在场景中锁定目标。场景是以行动为主的，是电影化的和三维的。它们的画面感建立在能够诱使读者进入其中的动人细节上。

以这种方式，非虚构创作作家动用了小说作家所拥有的全部写作技巧，尽可能地使故事富于感染力，但是并没有进行虚构。作为一个非虚构文学作家，你应该写你所经历的东西，而不是肆意编造。约翰·麦克菲认为，非虚构文学作家对他人和他们的读者负有一种责任：要保持诚实。你不可能重构人们的生活，你只是尽可能真实地反映你的所见所闻，这一点是非常重要的。

1995 年，李·古特坎德创办了文学评论期刊《非虚构文学创作》，见证了这个新兴文体的活力和繁荣。1999 年，迈克·斯坦伯格创办了期刊《第四种类型》，把这种文体作为第四种文体加入到——小说，诗歌，剧本——这三种已经被认可为正统的文体之中。布莱特·洛特在《第四种类型》2000 年的春季号中发表的《对非虚构文学创作的定义》一文中写道，这种文体写的就是作者自身：自我成为根基，作家就是他自己的第一个探索者。但是非虚构文学创作从来不是为自我服务的；相反，它面向的是不断拓展的世界，在那里，作家需要对自己的文字负责。

个人随笔

个人随笔具有短篇非虚构文学作品的基本形式。它不长的历史可以从 16 世纪晚期算起，这时蒙田开始写随笔，尝试将主客观融入一种新的散文形式中。蒙田当时住在位于多尔多涅的自家农庄中，作为一个退休律师，为了让自己忙碌起来，他开始创作随笔，描绘他身边的一切事物，想到哪里就写到哪里，不拘泥于形式。他相信"每个人身上都负有全部的人性"，因此他的作品老幼咸宜。他在随笔中会与看不见的邻居对话。这些文章读起来感觉就像他正在对我们说话,如此直接,如此亲切。他既给了我们他自己的观点,同时又使我们感到新鲜和愉快。

转眼到了 20 世纪,弗吉尼亚·伍尔芙的随笔平衡了主题和风格,使二者显示了同等重要的作用。总之,"随笔自成一格,是一种最接近真实的利器。"菲利普·洛佩特将随笔中作者与读者的交流描述为"一个人说给另一个想听的人"。

我们应该怎样定义个人随笔,或者被称为非正式的、文学小品文这类东西呢?在 1988 年出版的《美国最佳散文选》的前言中,罗伯特·阿特万就已经说明,写手们之所以对随笔抱有持续高涨的热情,是因为这种形式具有极大的可塑性。他指出了个人随笔的四个要素:笔调,形式,戏剧性和真实。

1. 笔调:随笔具有强烈的个人风格,并且以第一人称写作。它不足以完全呈现出经历的全貌;作家必须设定他或她自己的视角。作为作家,你没必要害怕说出自己的想法。在这一点上,你可以向多丽丝·莱辛①学习,她在《金色笔记》中写道,处理主观性问题的方法是将每个个体都视为一个微观世界,同时把个体经验升华,使人物具有普遍性。当你诚实地分享某种你的深层体验时,它就会触动读者,这样就可以使个人经验具有普世性。

2. 形式:随笔处于小说和诗歌的交界地带。回忆录也属于这种情况(我们将会在后面的章节讨论这个问题)。作家会将他的个人体验以故事的形式展现出来,同时用诗歌的技巧对其加以润饰。将故事娓娓道来会使得陈述听上去不那么唐突,而富有诗意的文字则扩

---

① 多丽丝·莱辛(Doris Lessing,1919—),英国著名女作家,被誉为继伍尔芙之后最伟大的女性作家,2007 年荣获诺贝尔文学奖。

展了其中的深意。正是对故事和诗歌的平衡才使得随笔如此富有魅力——既灵活，能够适应任何多变的形式；又不失深刻，能够展现精彩的个人经历。

3. 戏剧性：正如狄勒德曾经写道的，没有什么主题是不可涉及的。整个世界都可以作为呈现的主题——只要这个主题足够有戏剧性。随笔可不是板起面孔的以前学校里教的那种八股文。阿特万回忆说，当他有一次向学生们朗读狄勒德的一篇随笔时，学生们认为那简直不叫随笔，因为它对于随笔而言实在太富于戏剧性了。但是，个人随笔就是这样一种对于真实生活的讲述，只能说真实生活本身就充满戏剧性，而作家只是经历其中。

4. 真实：随笔将真实同时留给了作者和读者。正如弗吉尼亚·伍尔夫所言，"随笔自成一格。"故事没必要为读者留下一个真相，但是随笔却不同。这就是短篇小说和随笔之间最大的差别。通常大家认为随笔是一种伪装起来的短篇小说，或者相反，短篇小说是一种伪随笔。但根本不是这样。随笔通常基于某件真实发生的事情，作者对此会有充满深意的内在解读，但并不会说透，读者必须自己去辨别。正如罗伯特·安特万在《重拾随笔》这篇文章中所说的，"随笔的价值就在于，不断翻飞的思绪。"

凯瑟琳·诺里斯在《美国最佳散文2001》的序言中写道，一篇精彩的散文就像是作者和读者之间的对话。当读过第一段，读者就会找到他想听的内容。随笔会告诉他以前并不知晓的世界，通过一种散文主义的体验，带给他一种思想，一段回忆，一种经由随笔作家的经历而变得更加丰盈的情绪。诺里斯在此特别强调，共鸣是这一切的关键。

那么随笔作家是如何做到这一切的呢？让我们来看一篇精心架构的散文。这是一篇由乔治·R·克莱创作的题材并不新颖的小随笔，选自《第四种类型》（2001年春季号）。

《万物开始的地方》

6月9号，星期二，大约11点半，一个再平常不过的早晨。我遇到了一件非常神奇的事情，但仔细想想，似乎又没有什么。

这里是剑桥市，我本来以为垃圾是在每周三早上清运的，不过好像弄错了。不管怎样，我驾车顺着 Mass 大道一直开到头，然后转进 Lee 街，打算找一个停车的地方，结果发现自己被卡在了环卫垃圾车的后面。Lee 街不是主干道，所以是一条单行线。路两边停的都是车，根本超不过去。垃圾车是橘黄色的，是那种工程车。两名工人正在整理收拾——街道两边一人一侧。在西侧（我的左边）工作的男人是个小个子，灰白头发，带着金丝边眼镜，简直就是一个助理办事员的形象，除了没有支着胳膊和一副"别盯着我看"的表情。另一个人长得奇丑：下巴上有个十字形的印（詹姆斯·邦德电影里常有这种人），有点像费尔纳德尔·朗，没精打采又很强壮，做事慢悠悠。他对那些垃圾箱极富耐心，动作优雅地举起它们，轻拿轻放，不带一点怨气。尽管脸上稍有嫌恶，也表达的只是"这种工作确实味道不好"的意思。在清理完 Lee 街东侧这一边过半的时候，他停在了一所带花园的房子外面。在人行道上左右看了看，发现没别人注意自己；又向窗户里看了看，确保屋里没人；然后，他小心翼翼又意志坚定地，抬起他那长长的右腿跳了进去，越过沿街很长的一段路，来到了花园的中间——那里种了许多长着巨大的叶子，还开着颜色各异的花朵的植物。（是

21

万寿菊？我说不好。）他把身子伏低，伏低，再伏低，然后突然把脸埋在了那片最大的叶子里——深深呼吸了好久，至少有半分钟都没抬起头来。整个过程看不出他情绪的任何变化，既看不出高兴或不高兴，也看不出紧张分分怕被发现的样子。他就那样面无表情地站着，然后小心地退出花园，回到他的工作中。我想弗兰纳里·奥康纳①是对的——这就是万物开始的地方：去感受。

这是一个让人感到意蕴丰富的故事。克莱是怎样做到让你跟着一辆环卫垃圾车然后就领悟出"万事源于感受"这个道理的呢？让我们审视一下四个要素：

笔调：克莱在对你讲话；早上发生了一件事情，他说。不怎么重要，但是非常奇妙。作为读者，你会立刻服膺于这种笔调，因为这就像一个朋友在对你讲话。

形式：全文叙事清晰。整个故事在一段内完成——从橘黄色的垃圾清运车开始，带有富有诗意的细节——两个男人，小个子男人灰白头发，带着金丝边眼镜；大个子男人懒散邋遢。故事继续，场景一个接着一个，每个细节都被精心构筑。

戏剧性：作为读者，你会觉得故事的开头很老套，但是当懒散的大个子男子出现，走上人行道，然后写到他弯腰，越弯越低，越弯越低的时候，你开始被吸引了。他在干吗？直到他突然把脸埋进最大片的叶子里然后吸了至少有半分钟，这个大个子开始让你动容了。

---

① 弗兰纳里·奥康纳（Flannery O'Connor，1925—1964），美国小说家和评论家，美国文学的重要代言人。其小说集《好人难寻》中的一些作品被誉为美国最优秀的短篇小说。1957年获欧·亨利短篇小说奖。1972年获得美国国家图书奖。

真相：克莱在这里急停。男人回到他的工作中，面无表情，但是焕然一新。然后引用了弗兰纳里·奥康纳的观点，万物源于感受。

克莱用这四种元素写了一篇既吸引人又很有力的个人随笔。

接下来是另外一个例子，这是一篇由布莱特·洛特创作的短文《起源》，选自杂志《非虚构文学创作》（2005 年 11 月 27 日）。

《起源》

我坐在教堂里，坐在很靠前的位置：左边是我的妈妈、爸爸和弟弟提米，他在妈妈的腿上睡着了；右边是我的哥哥布莱德。布莱德和我刚刚拿到这些小小的、蓝色的书——每个孩子都会从穿着灰黑制服的人手里领到一本新书，他们站在每一排长凳的末端，手上拿着许多书。

蓝色的封面边缘饰以绿色的葡萄藤，蜿蜒在书的四周，间或画着成串的葡萄；在封面的顶部和底部，这些葡萄藤又与一束束的麦穗结合到一起，都是用绿色墨水画的。

牧师说这是一本福音书，我不知道那是什么意思，看着封面上半部分黑色的字，我勉强念出来：什么什么之书。

这其实是一本《赞美诗》。赞美诗？那是什么？唱福音用的？

即使我当时还不能完全明白，但这就是我接触到的第一本《圣经》——或者说是它的一部分——我不想弄丢这本书。我想留着它。

于是我从前面的座椅后背拿了一支铅笔，铅笔就放在给信众用的木架子旁边的一个小洞里，旁边还有个大一点的洞，那是放小玻璃杯的，有一次我用它们喝过葡萄汁。

就这样，我开始在我人生中第一次，亲手写下自己的名字。

我从左上角开始，几乎从顶头写起，但是因为有中央的黑体大书名，第一个词越写越小，仿佛书名是一块大磁铁，而我的那些小字母是一些被吸附在周围的铁屑。这实在不能怪我，我之所以越写越小是因为没地方写了。要是写在我的幼儿园老师帕斯莉夫人给我的纸上就不会弄成这样。

好不容易写完了第一个词，我感觉我的手因为太用力都要痉挛了。我如此专心致志，不管牧师一个个从身边经过，我只顾把书拿得远远的以便看清自己的杰作。

没地方写第二个字了；我名字的最后一个字母太靠近书名了。

这是一个问题。我知道第二个词必须跟第一个词在同一行，而且中间需要空一小格。要不然帕斯莉夫人不会满意的。这是一个问题。

但是因为一开始我写歪了，所以我的名字上面还有一小块地方，我把它用上了。就这样，一排谜一样的字母写完了。这些排列起来的字母注明了这本书是我的，只属于我一个人的。

好了，这就是我的名字。这就是我。

这是我第一次写自己的名字，是我自己写的。

等会儿我们回家的时候，我的哥哥布莱德就会拿着这书问我，"洛特·布莱特，那是谁?"然后取笑我写得乱七八糟。不久我还会练习在封面上写名字，也许下一次是用蓝色的钢笔，但可能又把书拿倒了。但无论如何，这都让人高兴，因为这是一个孩子懂得如何书写自己名字的自信时刻。当然下回写的时候，我打算把大写字母 B 尽可能挥洒得漂亮些。

随后我还会在 14 岁的时候受洗，我很乐于接受这种仪式。

然后在大学，我会再一次经历思想革命，就像基督教里有尼苛德摩伪经。

再之后我甚至还会写一本自己的书，为所有想象出来的东西赋予生命。我会进行创造，并且创造自己的名字。

但是在那个星期天，牧师们仍然在身边鱼贯行走，能写下这两个词也就足够了。

这只是一个孩子的涂鸦。算是我自己对造物主的一次小模仿。

与在第一篇随笔中你问自己的问题一样，布莱特·洛特怎样将你带入了那个他第一次获得自我认知的教堂中？一段来自童年的记忆。让我们再来回顾一下优秀随笔的四个要素：

笔调：使用第一人称，故事讲述的是一个成人回忆自己在孩童时期如何想要独自书写自己的名字，以及他怎样成为了自己的创造者，以一种直接而且诚恳的口吻。

形式：洛特讲了一个故事；有着丰富的细节，些微的不确定，对哥哥的不安，以及最后的解决。全文使用了很多元素：既有诗意，又有具体的形象，绿色葡萄藤的卷须，把书名比喻成磁铁，而他写的字像铁屑，还有重复了五次之多的"然后"。

戏剧性：通过一段引起共鸣的童年记忆，你会与这个孩子建立情感联系，对他那种想要书写自己名字和进行创造的欲望感同身受，而这也预示了作者未来的样子。

真相：布莱特·洛特将这归结为一个孩子的涂鸦，和他自己对上帝的模仿。整个故事被恰如其分地命名为《起源》。这是关于自我意识起源的一课。

洛特的这篇随笔——基于个人经历——会留在读者的脑海中。因为这是一种你我都熟悉的体验，但是洛特将它呈现了出来。

个人随笔写作四步

怎样写作自己的个人随笔呢？你可以遵循以下四个步骤；每一个步骤都可以写出一篇草稿，形成一个新版本。我讲授这些写作步骤已经超过了十五年，而且仍然在用它们指导我自己的写作。别着急动笔，先读一读下面的步骤和例子。

1. 选择和识别

选择一种经历，或者，让它选择你。你想写哪种经历？闭上眼睛，让经历自己来找你。闭着眼睛呆一会儿，倾听内心的声音。对于哪段经历、哪个人、哪个地方、哪件事、哪种想法、哪种情感会让你有书写的欲望？哪种记忆浮现了出来？让它找到你。

当经历自己浮现出来，让它在你的脑海里渐渐显影：不一定是整件事，但是需要那段经历的主要部分。蒙田写过："每件事都有上百个部分、上百张面孔，我只选取一个……我并不会尽可能广泛地描述它们，我只是尽可能地深入。"

如果你是在一个作家工作室，将你的回忆与身边的人分享。这段回忆吸引别人的注意了么？如果你在整个故事中太早讲出回忆，那么就会失去作用。如果细节讲得太多，注意力就会分散。如果故事中的人物不吸引人，那就换一个；等待另一段经历找上你。

如果你不是在工作室，试着用几个词概述这段经历，就像照快照：要自然。只用一段。喘口气，然后看一下自己写的东西。看看它是否吸引你。找个朋友读一下，然后观察他的反应。如果你或者你的朋友不感兴趣，那就写一个新的。

如果这段回忆能够吸引你的听众（或者只是你自己，如果你是一个人的话），那就写出第一稿。随心所欲地写。不要试图控制第一稿，哪怕跑题。漫谈（meander）对于随笔写作来说是个好词。当你写一段经历的时候，一个想法会自动过渡到另外一个，就像河流那样，蜿蜒曲折，不断回旋直到抵达最终的出口。

2. 展示

现在在第二稿中展示这段经历，看看通过场景描述展现了什么内容。乔伊斯·卡罗尔·奥茨[①]写过，以前的文章形式多重于修辞，而现在的文章则多重于影像化。要牢记文章第一句的重要性。它会使读者感兴趣吗？第一个词能抓住读者吗？

想想下面这些讲故事的元素：

——人物性格设定的特殊细节

——紧张感和对白

——情节：叙述技巧

——启示/解决办法（主角，文章中的"我"，必须要寻找的事物）

根据主题，做一些研究，争取带给读者新的信息。最好能从自

[①]　乔伊斯·卡罗尔·奥茨（Joyce Carol Oates, 1938—　），美国当代著名女作家。1970 年以长篇小说代表作《他们》获得美国国家图书奖，《黑水》等 3 部作品曾获普利策奖提名。凭借多年来非凡的文学成就，奥茨至今已两度获得诺贝尔文学奖提名。

己的思考中找到新的视角。在《个人随笔的艺术》中，菲利普·洛佩特写道，一篇文章要有起伏，它需要挖掘，然后呈现出比开始时更多的深意。

这就是第二稿——开始想故事，开始想场景。

3. 润色

慢慢开始打磨你的文字。在第三步，要让你的文章引起共鸣，就像诗歌那样。

想想诗歌的元素：

——想象力。重读你的文章并寻找意象。意象是你能够描绘的任何东西。找出你文中的意象。有多少是明喻（用诸如"好像"或者"仿佛"一类的词引出），或者是暗喻（不用"好像"或者"仿佛"）？选中一个比喻。如果是明喻，就把它写成暗喻，极力拓展它，使它能够唤起某种更深层的含义。这种方法类似于象征，可以将某些不可见的想象变成视觉化的符号。

——节奏和韵律。把你的文章大声朗读出来。找到重复的词、重复的音调。找到那些听上去就像它们所描述的东西那样的词（这是找到拟声词的简便方法）。同时注意聆听音调旋律，技术化地处理那些重读音节和非重读音节的韵律和节奏。它听上去流畅么？谢默斯·希尼[①]把这种元素叫做"诗歌的电流"。

——升华。最后，让我们来看看如何升华主题。这段经历要表达的核心是什么？事件背后的真相如何？在《烧毁的诺顿》中，T. S. 艾略特谈到了处在旋转世界中心的那个静止的点。在你的文章

---

① 　谢默斯·希尼（Seamus Heaney，1939—　），爱尔兰诗人。希尼不仅是诗人，还是一位诗学专家。1995 年荣获诺贝尔文学奖。2006 年获得了该年度的艾略特奖。

中这个点在哪里？通过精炼升华，对经历提纯处理，你就能发现其中的精华所在。

当然还需要写第三稿。

4. 等待开花结果

把你的文章先放在一边，至少隔夜——最好过几天甚至几周再看。我写一篇个人随笔要花个把月。在《给青年诗人的信》中，赖内·马利亚·里尔克①写道，"万事皆需孕育万能诞生。"耐下性子，等待你的作品瓜熟蒂落。

如果你幸运地拥有一个作家小组，你可以把自己的文章分享给大家，听听其他人的建议。如果没有，就把文章分享给自己的朋友。同时也分享给你自己：朗读，并且倾听。

然后开始修改，或者再看一遍：你的文章说出了你想说的么？它需要进一步完善么？不要气馁；相反，要感激进一步提升作品的机会。我们会在第十一课详细探讨作品修订的问题。

当你准备就绪时，就该考虑为你的作品找一个归宿了。为一本书寻找出版商是应有之义。机会到处都是，线上出版或者纸质印刷，我在本书的最后提供了一些指导。到目前为止，你要确保你的写作展现了个人经历中那些新鲜和独特的东西，同时读者可以分享它们。

着手写一篇个人随笔

按照这四个步骤，写一篇在马萨诸塞州的剑桥市买食品的故事。

---

① 赖内·马利亚·里尔克（Rainer Maria Rilke，1875—1926），奥地利著名诗人。里尔克的诗歌尽管充满孤独痛苦的情绪和悲观虚无主义思想，但艺术造诣很高。

但是请记住——首先，你必须真的在剑桥市买过食品，而不能编造整段经历。这是定义一篇作品是不是非虚构创作的关键。作者可以对人物对白、场景描写进行润色，但是经历本身必须是真实发生的。

让我来跟你们分享一下我的经历：在剑桥市，我为我和女儿、女婿以及他们三岁大的孩子买食品的经历。虽然我并没有在这个地方常住30年，但这家食品店是在一个所有人都和我长得差不多，说话也差不多的国度。在我的第一稿（第一步）中，我写得很糟糕。我感到说不清楚，不在状态。在第二稿（第二步）中，我开始进入故事了。我加入了一些对白，强调幽默感和紧张感。我慢慢触及真相。在第三稿，我开始打磨某些意象，关注叙述节奏，使用排比。最后，这段经历背后的真相是什么？应该说，这是我要问你的问题。以下就是这个故事，曾经刊登在《国际先锋论坛报》的"此时此刻"专栏。

《异乡的食品杂货店》

"要塑料袋还是纸袋，女士？"梳着马尾辫的年轻人问我，而我正在找钱付款。

时值暑假，我回到家的时候已经晋升成了祖母。

"可以用我的美国运通信用卡吗？"我对收银处的女士说，还没来得及回答要塑料袋还是纸袋的问题。

"哦不行，女士。只能用维萨卡或者万事达卡。"

"支票行吗？"

"要有两种身份证明，女士。"她回答说，把存根递给我。她的指甲是我见过最长的，还涂了亮粉色的指甲油。

"你有驾照吗？"

我开始填支票。"我有驾照，但是是瑞士的。"

那个问我要塑料袋还是纸袋的年轻人好奇地看着我。他一个耳朵上戴了三个长短不同的耳环。

"你说什么，亲爱的？"收银员问道。

排在我后面的队伍越来越长，不过事情也变得有趣起来。

"我说我的驾照是瑞士的。我不住在这里，我住在瑞士。"

每个人都转向我。要是我有一点外国口音，其实也没人会在意。这里是马萨诸塞，这里是剑桥，在夏季，这里每两个人中就有一个说外语。但是我的英语听起来像美式英语。我从哪儿来的？我长得像美国人，说话像美国人，就是办事不像美国人。

"让我想想怎么办，亲爱的。我不想让你太麻烦。"

那个年轻人又问了我一次："要塑料袋还是纸袋，小姐？"

小姐？我觉得我是个女人了。老叫小姐是怎么回事？还叫我女士？还亲爱的？

"宝贝儿，他就是想知道你想怎么把东西包起来？要用塑料袋还是纸袋？"

鉴于有一大堆注视着我的观众，我发现这个问题很难回答。哪种更环保呢？生产纸袋会破坏树木和森林。但塑料袋就是环保的吗？我希望塑料袋是那种可降解的，或者是它应该是的那种什么东西，然后说："请给我塑料袋。"

年轻人扯开一个大袋子，把东西一个个码好，然后放在收银台等着。

"请出示您的证件，外加另外一种证件。"

所有这些东西其实只需要 22 块两毛钱，我想着是不是把东西送回去一些，但是我女儿还有法国女婿还等着它们用呢——一只长叶莴苣，三个苹果（它们太光洁了，所以我捏了捏以免它们是假的），切达干酪，还有牛排（千辛万苦地从几米长，我的意思是几码长的货堆中挑出来的）。我可不想再把它们送回去，这是我们的晚餐。

于是我拿出了我的瑞士驾照，是用法文写的，有一张我大概 20 年前、或者 30 年前的照片。收银员看看我，然后又看看照片。满腹狐疑。接着是我的美国护照，最近刚更新的，大概一个月前。还是看起来很可疑。岁月不饶人啊。

她叫来了他们的经理，她亮粉色的指甲停在按铃上。

我等着。年轻人打包好我的东西也等着。排队的人群也等着。没人抱怨，大家都很有耐心。这太诡异了。我甚至都能听见空调发出的声音。

当身着灰色细条纹套装的经理到来的时候，我竟然不知所措地伸出手去跟他握手。我已经准备好要道歉了。

"没问题吧？"我问，把柜台上我的瑞士驾照和美国护照推到他面前。

"当然。完全没问题。"他微笑着并在我的支票背后签了名字。我顿时松了一口气。

"你知道，"他说，"我一直想去瑞士。"

这段故事要表达什么？通过描写一段在剑桥市的购物经历，我从中发现了什么？

我发现在这个剑桥市的小百货商店，这个我女儿带着新出生的宝贝与丈夫生活的地方，在热烈欢迎我的到来。那位女士喊我"亲爱的"和"宝贝"，年轻人拿着袋子一直在等，排在我后面的人全都耐心等待，而且经理还穿着细条纹的套装——他们都使我感到舒服极了。我发现我并不是一个陌生人。我们怀有共同的善意。

现在轮到你了。请按照前三个步骤写一篇 700 字的个人随笔，名字就叫做《塑料袋还是纸袋》。找三个能够刺激你开动写作的楔子，每个写十分钟。

第一步：选择和识别。靠在椅背上，闭上眼睛。有什么经历让你想要表达？当你想到它（或者它找到你）时，集中精神，去芜存菁，然后开始构思。你想从哪部分开始？假如你是在一个作家小组里，不妨和坐在你身边的人分享你的经历。看看他是否对此感兴趣。如果有必要，再寻找另一段经历。如果你不在作家小组，试着与你的朋友或者家庭成员分享你的经历。看看是否能够引起他或她的注意。可以尝试着用几句话把这段经历描述出来，就像拍一张快照，看看它是否能勾起你的兴趣。然后，记住要先选定中心和列提纲，再开始动笔。

 自由写作。任由经历引领着你。不要进行删改。限时十五分钟。

第二步：展示。现在开始思考故事。写下记忆中的场景——一段小随笔中可能只有一个场景。审视你的第一个句子。这是这篇故事应该开始的地方吗？它能够抓住读者的眼球吗？为故事设定和角色找一些特别的细节。试着回忆一些对白，以制造张力。思考解决方案。你在这段经历中的收获是什么？

 重写一遍，用故事中的元素写第二稿。放慢速度。限时十五分钟。

第三步：润色。考虑诗歌或者歌词化的语言。审视你选择的意象。像在第一课对日记所做的那样，重读然后选定自己的意象。找到一个可以使用明喻来描述的形象，抄下来，然后看看自己能否用暗喻描述它。这样是否能够触及某些更深层的东西？接下来，检查节奏韵律。把你的第一段大声读出来。感觉韵律如何？如果听上去有不和谐的地方，返回去，重新润饰。音调有能构成排比的地方吗？押韵问题？推敲段首第一句话。

重写一遍这篇文章，作为第三稿，要用到诗歌的元素。可以只练习第一段。限时十五分钟。给自己的短文起一个题目。命名十分重要，这可以让你聚焦文章内容，并且在写作过程中不至于跑题。

第四步：等待开花结果。现在你已经开始着手创作个人随笔，并练习了如何对它进行润色。如果你有时间，就重新回到第二步和第三步。像对待一个故事那样打磨你的作品，像对待一首诗那样润饰它。它背后的真相到底是什么？这就需要进行第四步：在将其搁置一段时间之后，再重新开始。现在，再读一遍这个作品，然后做一些改写。把它分享给其他人，然后修订。记住，这是一个不断修正的过程。

总结"个人随笔"这一章让我再次想起了安妮·狄勒德，罗伯特·安特万在庆祝《美国最佳散文选》系列第 20 卷出版时也是这么做的。他写道，狄勒德在 1988 年的选集中完美地呈现了这种文体，那时她已经意识到随笔散文已经步入了现代世界。"随笔，"狄勒德写道，"能够达到诗歌所能达到的一切，能够做到短篇小说所能做到的一切——它可以描述一切，而且并非虚构。"这就是随笔的魅力，对作者和读者而言都是如此。这是一种属于你的享受。

※ ※ ※

　　本章包括三个限时练习和一个比较耗时的第四步。在第四步，你要重新回到文章，运用故事和诗歌的元素精心修改。之前的三步——自由写作第一稿，用故事元素重写第二稿，以及用诗歌元素润色第三稿——可以在你读完本章之后一个接一个地完成。或者你也可以为每一步都多花一些时间，尤其是第二步和第三步。然后当感觉合适的时候，继续最后一个步骤，完成你的作品。

※ ※ ※

随笔写作（四个步骤——四个层次）

1. 选择并识别（第一层次）

——选择一段经历（或者让它选择你）：一次事件，一个地方，一种观察，一种情感

——聚焦并架构（"每件事都有上百个部分、上百张面孔，我只选取一个……"——蒙田）

——收集信息（透视这段经历，将其置于公共生活中）

——自由写作第一稿（"随笔漫谈可以揭示隐藏的轶事。"——迈克尔·德普）

2. 展示（第二层次）

——展示经过，写出场景（"以前的（随笔）形式多重于修辞，而现在的文章则多重于影像化。"——乔伊斯·卡罗·奥茨）

——戏剧化：（故事写作元素）

（1）设定场景及人物（润饰描写，明确细节）

（2）紧张感（通过行动及对白，强化张力）

（3）高潮/情节设置（"文章要有起伏，就好像在挖掘什么。"——罗佩特）

（4）启示/解决（主人公有所发现）

——运用故事元素写第二稿

3. 润色（第三层次）

——从个人化转变为普遍化（"将每个个体都视为一个微观世界……使个人经验具有普世性。"——多丽丝·莱辛，制造更深层次的共鸣）

——详述（诗歌写作元素）

（1）意象（明喻，暗喻，象征）

（2）语调（节奏，韵律，"诗歌的电流"：押韵、排比）

（3）升华、提炼（"在旋转世界中心的那个静止的点上……"——T. S. 艾略特）

——运用诗歌元素写第三稿

4. 等待开花结果（第四层次）

——保持耐心（"万事皆需孕育方能诞生。"——里尔克）

——修订（再看一遍）：开头/结尾，细节，戏剧张力，对白，意象，节奏，主题

——删改：长度，句子/段落结构，动词，冗词，画面感

——评论（作家小组、工作坊的价值所在）

——市场：网络，渠道（"随笔无所不包……"——安妮·狄勒德）

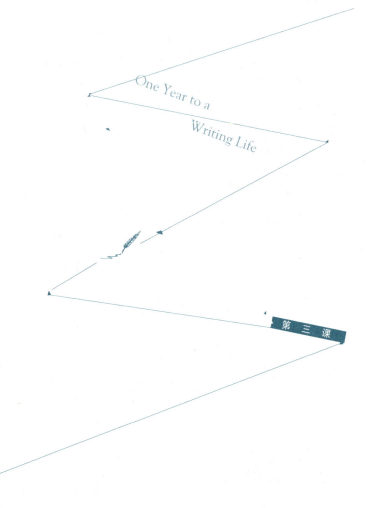

One Year to a

Writing Life

评论和游记

这一课我们会从个人随笔转向写所见所闻和游记。通过学习富于灵活性的随笔，你可以掌握架构此类作品的基本形式。新闻作品——要求时效和真实——常常作为我们写作见闻和游记时可以借鉴的形式。但是今天，正如《美国最佳散文选》的编者罗伯特·安托万所言，为了巧妙地处理这些不同时期的主题文章，作家们已经发现，他们可以以一种尽管时过境迁，但是读起来仍然鲜活的写法进行创作。

评论文章简介

评论文章往往荡人心魄、启发心智。你可以在各种专栏里看到它们的身影——专栏这个词恰恰指出了它们所处的位置：作为特供稿——在报纸上出现（从《纽约时报》到《波士顿邮报》，再到地方报纸），在杂志的评论版出现（比如《新闻周刊》、《国家》和《哈珀斯》），以及在巨大的、不断增长的互联网世界中的各种反馈（《大西洋月刊》的在线评论、《洋葱》，等等）。专栏短小精悍，传播广泛。《纽约时报》能够达到 1 700 万份发行量，像新泽西州的哈肯萨克市的《记录报》这样的地方报纸也能够发行 20 万份。杂志的评论版时效更长一些。尽管由于发行商的不同有所差异，但往往受众更广。《新闻周刊》可以发行 300 万份，"轮到我"是它的一个评论专栏。网上的评论可以从几个字到长篇大论，读者群可以说是无限的。

作为作者，你要分享的不仅是故事以及经历，还有你自己的观点。你可以涉及丰富的主题，从政治到文化，从家庭到园艺。如果你给报纸或者杂志专栏供稿，你就进入了公共话语领域。专栏不同于一般的报刊文章。一般报刊文章内容的时间和地点是锁定的；五年之后，它们就不再有人想看。而专栏既不限定时间，也不限定地点，尽管它们也经常讲述某个热点话题或者对某一地区有所侧重，但是，它们的重点在于亮出观点而非报道新闻。即使在五年之后，好的专栏作品仍然能够吸引读者。

写专栏文章不仅意味着你可以向世界发出声音，而且还使你获得了为其他形式的出版物进行实践锻炼的机会，因为写精炼而好读的文章是一种绝好的锻炼。行文简练是非常关键的。报纸专栏一般要求 500～800 字。杂志专栏要求 800 字以上。《新闻周刊》的"轮到我"和《纽约时报》星期天杂志的"现场"专栏则要求 900～1 000字。

编辑们到底在寻找什么？《纽约时报》的大卫·希普利写的征稿启事是这样的："我们需要观点鲜明、论证有力、思路清晰、具有新闻价值的、有生命力的原创性作品。欢迎写出个人经历或者以第一人称叙述的作品，尤其是能够驾驭宏大主题的投稿。"

《基督教科学箴言报》的肯德拉·诺丁要求："专栏版是就政治、家庭、社会和文化等领域开辟的评论和争鸣平台。如果有民众关心或评述精彩的文章出现，我们将十分欢迎。"

美国国家科学院专栏服务中心的大卫·贾穆尔还说："编辑本身并没有预期，不管是写本地毒贩的一篇引人入胜的个人叙述还是另一篇有关联邦国债赤字的扎实分析……只要是读者关心的，就是最好的主题。"

那么你怎样才能发现那些读者关心的、有关宏旨的主题呢？答案是你需要关心时政要闻，而且只写那些真正让你感兴趣的东西。如果你写得兴致盎然，读者读起来也会如此。举个例子，比如说你迫切希望子孙后代能够生活在一个免受核武器威胁的世界中，那么你就应该着手在这个领域做调查，也许还会参加到某些禁核运动中去，然后你才可以写得有理有据。这是你作为一个专栏作者应该做的。想想那些发行量数字吧，你的文字是有影响力的。

我把好评论的精彩论点形容为"猛戳痛处"。这样的观点必须：

——吸引眼球（通过引人入胜的个人叙述）

——引起共鸣（对读者开诚布公，让其感同身受）

——脚踏实地（为主题指明方向）

以上这三个要素对于写出一篇成功的评论文章是至关重要的。

让我们来看一个例子。这段开头选自《国际先锋论坛报》（2005年9月10日）"此时此刻"专栏的一篇文章，名为《"9·11"——英雄主义，以及它的分崩离析》，由凯莉·勒迈克创作。第一句是这样写的："我妈妈是在2001年的'9·11'事件中过世的，很难相信这件事已经过去了四年。每当我的电话响起，我发现自己还是不由自主地期待来电联系人跳出的是'妈妈来电'的字样。"

我们的注意力会立即被这种自然亲切的笔调所吸引。作者主动向读者坦白了发生在母亲身上的灾难。接下来怎么处理呢？勒迈克本可以写她和母亲之间的对话，但是她跳过了这段内容，而是想象母亲与美国读者进行对话，在这个对话中，她的母亲得以向美国人民说明她所承受的灾难的意义所在。

勒迈克的叙述很清晰。"9·11"事件发生后，全国人民很快团结成了一个大家庭。但是这种情况并没有持续多久。"'9·11'，这曾经使我们相互团结的灾难，如今又使我们形同陌路。"勒迈克闪回了她童年时候的片段，想起当时她母亲在她和她的小姐姐之间做出调解的努力。母亲让她们相互拥抱然后和好，告诉她们说她们永远都会是姐妹，而且这个事实是世界上最重要的事情。作为读者，你会对这样的描述感到亲切，因为这让你回忆起了相似的经历。这就是共鸣。

勒迈克在结尾处呼吁美国人民再次团结起来："让我们停止不断的内斗，团结成一个我们本可以成为的伟大国家吧。母亲的话语提醒我们国家的领导者，我们都是美国人，而这是最重要的事情。"勒迈克提出了某种让你有所思考的东西。她为如何保护国家免于日后的暴力给出了方向。她要求领导者，以及她的读者，牢记大家都是美国人这一重要事实。

再来看一篇专栏，选自《新闻周刊》（2003 年 7 月 28 日）"轮到我"专栏，题为：《艰难时局，我们"一丝不挂"》，由锡德尼·斯蒂文斯创作。开头是这样的："我的孩子凯特和阿历克斯去年一月第一次去冰场滑冰，看着他们颤颤巍巍、小心翼翼地走上冰面，我的心跳开始加速。'不管怎样，'我小声说，'千万别跌倒。'"

读者再一次被吸引了，注意力被牵着走。作者这么担心到底是为什么？很快，斯蒂文斯给出了答案。她并不是一个过度保护孩子的父母；她担心的是孩子不要出意外，否则家里花不起治疗骨折的费用。她的丈夫由于公司重组，已经被辞退了，也就是说他们没有医疗保险了。斯蒂文斯提醒我们，有超过 4 100 万美国人享受不到医疗保险。她和丈夫也许可以勉强熬过去，直到找到下一份工作——只要这期间没有人在冰面上滑倒。

然后她又讲到了年度例行的乳腺癌排查。由于有类似经验，这个故事又会再次引起你的共鸣。斯蒂文斯走进 X 射线检查室，"一丝不挂"——也就是没有保险的意思。当医生问起她的医疗保险时，她说自己感到羞耻，仿佛做了什么错事一样。她的丈夫最终找到了工作，解决了医疗保险的问题，但是斯蒂文斯再也高兴不起来了。因为这种情况难保会再次发生，而那些曾经像她一样的几千万没有保险的同胞该怎么办呢？

"轮到我"的专栏文章总是能够"猛戳痛处"，吸引眼球，引起共鸣，同时对医疗保险这样的重大社会问题给出自己的见解。

评论文章写作指南

能否"戳中痛处"是快速检验一篇评论文章是否有生命力的重要手段。以下几条指南能够帮你架构自己的评论作品。

——写那些对你至关重要的东西，而且要确保自己有资格作出评论

——运用自己的观点，并且要写出你为什么关心它们

——第一句话就要抓住读者

——尽早亮出主题，以便使读者确信这篇文章值得一读

——就单一论点充分阐述，缩小文章的范围

——举例说明观点，多运用鲜活的事例和对白。一个好例子能抵百千言

——多用短句，段落不要太长。以视觉方式思考

——巧妙结尾。总结主要观点，同时首尾呼应

你在写专栏的时候要时刻问自己一个问题，"那又怎么样呢？谁在乎呢？"要知道，你有机会使这篇文章被成百上千人读到。如果你选择的主题确实对你自己至关重要，那么就要保证每一段都能够吸引读者的注意力，不管涉及的是国家大事还是本地人关心的事情。只有你自己对此足够关注，读者才会关注。

下面这个例子来自芭芭拉·金索尔，最先发表在《洛杉矶时报》的专栏，后经金索尔扩写之后收入了她的书《小奇迹》中。在前言中，金索尔告诉我们，写这本书的过程让她明白，通过不断深入挖

掘一段难以承受的痛苦经历，是有可能把它克服的。我们都需要学习这一课。以下就是《小奇迹》的开头几段。

摘自散文《生命是珍贵的，抑或相反》

"耧斗菜①过去一直是我最喜欢的花之一，"我的朋友跟我说，但随即，我俩都陷入了沉默。我俩刚才一直在讨论该在她家房前那块林地边缘的陡坡上种什么植物，而那个字眼立即打断了我们的思绪，不再沉浸在那种连种什么花都事关重大的简单生活中了。我能明白她为什么不再想种耧斗菜了。因为我也一样。但同时我又觉得我们应该到处都种上它，为了时刻铭记。回到我们的后院，在失去的孩子的墓前，甚至在被枪杀的孩子的墓前，那些父母一定都生活在几乎无法承受的、最深重的悲痛里。

在科罗拉多州科伦拜恩高中校园枪击案的余波中，人们经历了举国震惊和悲痛——尤其值得注意的是——大家全都对此感到困惑不解。就连那些通常会告诉我们应该怎样去思考的专栏作家都无法回答，转而在问为什么。这一切怎么会发生在一个如此平常的学校，一个如此平常的社区？哪怕受了再多的奚落或者欺凌，怎么会有学生相信枪支和弹药可以作为结束一切的答案？

我觉得所有真正关心这个问题的人，本可以在很久之

---

① 别名猫爪花，又称白果兰。耧斗菜（columbine）与后文提到的科伦拜恩高中（Columbine High School）同音，所以引起主人公的联想。1999年4月20日，美国科罗拉多州丹佛市两名高中生艾里克·哈里斯和戴伦·克勒伯德手持自动武器进入科伦拜恩高中大开杀戒，共有13人在那次校园杀戮中死亡，23人受伤。这起恶性校园枪击案件当时震惊了全美。

前就问一问这个问题……

金索尔接着分析道，发生在丹佛以南利特尔顿镇上的悲剧与全球不断蔓延的暴力文化环境相关。对那些寻找事件意义的人来说，她认为解决之道是设立一套保护程序。"生命是那样的珍贵和短暂。"她在文章的结尾呼吁大家行动起来。记住，"孩子们在看着我们。"

现在来看一下上文提到的几条指南是如何在这篇文章中得到运用的：

——写那些对你至关重要的东西：文章迫切的口吻使读者相信，这是一件对作者和读者都至关重要的事情。金索尔对解决之道意志坚决。

——运用自己的观点：金索尔直接对读者说出自己的观点。

——第一句话就要抓住读者："'耧斗菜过去一直是我最喜欢的花之一，'我的朋友跟我说，但随即，我俩都陷入了沉默。"这样的对话可以使读者立刻进入场景。

——尽早亮出主题：就在第一段："……为了时刻铭记。"金索尔不会使读者忘记，而且要求读者作出行动。

——就单一论点充分阐述："生命是那样的珍贵和短暂。"

——举例说明观点：整个文章从一个小场景中的对话开始。

——以视觉方式思考：核心论点："生命是那样的珍贵和短暂。"紧接着在最后一段出现，引出作者的主张。

——巧妙结尾：金索尔回到了那些她希望予以保护的人，孩子们。

芭芭拉·金索尔写出了一篇触动心灵、引发思考的专栏作品。

评论文章写作

在写作评论文章之前，让我们先回到第二课写个人随笔时讲授的四个步骤。在本课中，我们需要用到已经学过的前两个步骤。

第一步，选择并识别。什么主题能够唤醒你？让自己安静地倾听。可以涉及国家、政治、社会或者环保问题。可以是当下的热点问题，也可以是本地新闻——只要是涉及大家都关心的问题。可以是更私人化的主题——比如一次家庭庆典——只要能够引起共鸣。一旦你选定了主题，接下来就要思考如何聚焦和规划文章。像在第一课中提到的那样，找人分享一下你选定的主题。这也是聚焦和规划文章的有效途径。要让人们对此感兴趣，并持续保持兴趣。然后再动手写作。

自由写作评论文章的第一稿。限时十分钟。

现在进入展示阶段（要戏剧化）。想想故事的元素。想想叙事技巧：如何运用小对话和强烈的情感作为文章的开始，比如勒迈克写"9·11"；如何写出一个好的开场，比如斯蒂文斯在《艰难时局》中写她看着孩子们在溜冰。试着加入对白，对白可以使场景生动起来，并增加张力。举例说明观点——也就是说为什么你的观点是重要的。写第二稿。

在写第二稿的时候充分运用写作技巧。限时十五分钟。记得停下来想一想，然后给你的文章起一个有吸引力的题目。

如果你有时间，还可以继续第三步（润色，然后制造共鸣）和第四步（酝酿，然后重写），可以回去看一下第二课给出的那些建议。

在讲如何写游记之前，我还有一些投稿建议。在你准备好把评论文章投给报纸或者杂志的时候，要熟悉他们的风格。严格按照征稿启事的要求来写，现在大多数报刊的征稿启事都公布在互联网上。大部分都要求长度在 700 字左右。最好先投给地方报纸。把你的作品写上名字，寄给专栏编辑。一般不需要问问题。可以附上某一领域专家就这个主题的推荐信，或者已出版作品的复印件。

记住，一篇不长的评论文章可以有数以千计的读者。这就是你作为一个作家对世界的影响，运用你的笔创造一个更加祥和的家园吧——不仅为你的孩子，也为全世界的孩子。

游记简介

如同评论文章一样，今天的读者同样希望在游记中找到触动心灵的感觉。他们期待游记能够与他们分享对一个地方的发现。

以前的游记会记满具体的旅行细节：旅行时间、酒店价格、行程、公共交通指南等等，不过这早就过时了。现在的游记需要写生活经历。如果编辑需要加入参考信息，通常会额外做一个附注栏。保罗·泰鲁写道："重要的是经历的精彩程度。"旅行本身才是重要的。有时我们甚至不需要离家很远；《泰晤士报》很多年前举办过一个伦敦游记比赛，得奖者写的是他从自己的公寓走到街角报刊亭的一段旅行。

《岛》杂志的编辑在写给游记作者的征稿启事中写道："我们需要定位鲜明、视角独特的作品。我们的目标是，使读者真正抵达那些岛屿。我们寻找信息丰富、充满洞见的个人作品，这些作品要能够真正写出目的地的精华所在。"重要的是要让读者感到身临其境。

《旅游者》建议，"为你所写的地方画一幅图。"在你的故事中展现当地色彩，与当地人交谈，并加以引用。该杂志在英国特别注重在游记作品中加入作者的独特的个人体验。

《国家地理旅游》杂志的主编基思·贝洛斯说旅行者需要惊喜。他对游记作家说："目的地必须让你有话可讲。你必须带着故事回来。旅行就是关于故事的。"

汤姆·卡希尔，2006 年《美国最佳游记》的特约编辑，写道："故事性是游记的精髓。我们要把大量的事实材料以故事的写法呈现出来——如果我们精于此道，还可以为人类境遇提供某些洞见。"

《旅行家的故事》的编辑征选旅行故事的要求是："我们需要个人化的、非虚构的故事和轶事——生动有趣、有启发性、充满冒险、令人后怕或者恐惧。故事应该反映你进入陌生环境时的感受，以及展现世界不同之处的独特魅力。"

在陌生环境中的个人故事，你会怎么写？

游记的三个要素

要带读者领略一个新的地方，游记必须要有个人感受、想象空间和丰富的信息。

首先是个人感受，使用第一人称叙述的个人经历有助于抓住读者的注意力。通过描写独特的个人经历，分享情感和感动，作者可以触动读者，将个人化的情感普遍化。如果我要写去古玛雅首都乌斯马尔和陡峭的魔术师金字塔旅行的经历，我就需要写自己的经历：

我怎样在试图跟着我丈夫爬上金字塔的时候突然不能动了。整个人晕头转向，既不能上也不能下。这种个人描述是可以引起共鸣的，读者知道这是一种什么感受。

写好游记的第二个要素是要有想象空间。旅行中发生的故事，作者经历了它，并要把它分享给读者。游记需要用叙述技巧打开一个新的世界。一个墨西哥女人正在看着我。她知道我是一个外国人，听见我对丈夫说法语，她想过来帮忙。她不想让我带着没爬上魔术师金字塔的遗憾回到欧洲。她鼓励我慢慢返身下来，然后告诉我另一种上去的方式。

游记的第三个要素是要有丰富的信息。内容要有对当地历史和文化的反映。比如那个墨西哥女人带我来到了金字塔的后面，那里有一个更容易爬的楼梯，通到一个低一点的平台。她跟我一起爬上来，然后我们坐在恰克（Chac）雨神的大面具下面。雨水对于玛雅人的生活非常重要。她指着不远处已经毁损的贮水池的废墟，给我讲起了恰克神的传说。

这就是三个不同的要素：个人感受、想象空间和丰富的信息。这样写出来的游记会有些像回忆录（有个人经历），又有些像故事（有想象空间，而且带有叙事技巧），还有些像报道（有丰富的信息）。

优秀游记的整合

威廉·津瑟在他的书《写作法宝》中说，在所有优秀的写作中，整合就像是锚的作用，尤其是在写游记的时候，因为作者经常会被引向不同的方向。津瑟建议游记作者参考下面的方法。

——整合代词：始终用第一人称。不要引入作为旁观者的第三人称。记住读者是通过你的经历看到你所处的地点。假设你在法国阿尔卑斯的一个小教堂里发现了一尊黑圣母的雕像，你需要写出你是怎么发现这尊塑像的，还有站在它面前是什么感受。不要转而去写一大段对于黑圣母的背景介绍，而是要将信息融入你怎么发现它的这个故事中。

——整合时态：大部分的游记都是用过去时写的。"我推开了小教堂的门，发现在我面前站着一尊黑圣母的雕像，她静静地凝视着我……"也有一些作家习惯用现在时态。"当我推开小教堂的门时，有一尊黑圣母的雕像出现在我面前，她静静地凝视着我……"最好使用其中一种，不要来回替换。

——整合笔调：作者可以采用《纽约客》那样的轻松口吻，也可以像写文学评论那样采用比较正式的口吻。两种笔调都是可以接受的，但是津瑟提醒说，不要混杂使用。不要一上来先用一种怀旧的个人口吻写道，"让我来告诉你，在山间行走的一次经历……"然后又转为正式的口吻，"在我每日例行的午后散步途中，我发现了一座废弃的、建于 18 世纪的小教堂……"然后又用上一种旅行指南的风格，"在位于法国上萨瓦省的萨克萨尔，有一座 18 世纪的小教堂，这里有一尊 16 世纪的黑圣母雕像……"

——整合主题：缩小你的镜头范围。不要尝试既谈法国阿尔卑斯，又谈 18 世纪的建筑，还要谈黑圣母雕像的问题。你只需要向读者展示一个地方，一个教堂，一尊雕像。记住蒙田所说的："每件事都有上百个部分、上百张面孔，我只选取一个……"

——整合思路：不要一次发散出两三个思路，只有单一的思路才会让读者想要跟随你的脚步。不要写怎么保护森林、你是不是天主教徒、这次经历对你日后去教堂做礼拜有何影响等等。你只需要写，当你独自在树林里面对黑圣母的时候感受到了什么。

来看一篇艾米丽·希斯坦德写的游记，选自她的作品《丰盈的时刻：在奥克尼、伯利兹、大沼泽地和希腊的旅行》，这篇文章同时被选入由《旅行家的故事》杂志社出版的一本名为《女性之路》的游记选集中。

《重生的太阳》

在莱斯沃斯一个接近黄昏的晚上，我正打算穿过小树林回到泡石酒店的出租房里。在穿过蜿蜒小径的时候，我遇到了一群女人和孩子，孩子们举着三大捧篝火用的树枝，从村口跑向背靠着村子的海滩。当女人们将三堆篝火点着的时候，太阳刚要落下，这期间大约有半个小时——那时篝火也就差不多燃尽了——傍晚的天空映衬着四枚橙红色的发光体。当太阳最终落入海面，而篝火也渐渐熄灭的时候，女人和孩子们在海天中化成了剪影。一个瘦瘦的小男孩（大约九岁），突然从人群中跃了出来，然后连续跳过了三堆篝火，一路欢叫着。他那小小的、精瘦的身躯，在跳过最远的那丛篝火的时候，看起来就像是高高燃起的火苗形状。接着一个女孩跑出来，跳过了火堆，然后每个孩子都来这么做，一连数次，他们就像在我眼前放幻灯片一样，一圈一圈循环着。母亲们在海堤旁站着聊天，她们身材丰满，穿着黑衣，橄榄色的肌肤在兴奋中闪着光。火堆尚未完全熄灭，这时孩子们开始从沙滩上捡石子，然后扔向那些燃烧着的余烬。今天是 6 月 21 日，在基督历上正好是圣约翰平安夜（Saint John's Eve），预示着冬天即将到来。而对于一般人来说，这一天是夏至日，一年中两个最重要的至日之一，标志着从今天开始，白天会越来越短，天气转寒。在欧洲的传统中，这个晚上是篝火之夜，全欧洲都要举行这种仪式，为了纪念太阳的能量开始进入渐亏的周期。

在海堤边，一位母亲认出我教过英语课；她朝我挥手让我过去，于是我走到火堆旁加入了她们，火堆仍然散发着浓浓的暖意。她告诉我，孩子们跳过火堆被认为可以获得能量，她建议我也去跳一下。孩子们显得很兴奋，因为终于有大人加入他们了。火堆现在大部分成了烧得噼啪作响的热石头，火焰很低，只窜出零星的小火苗，但跳过去的一刻我还是有点害怕。随后，一个叫阿勒克斯的男孩给了我两块石头，教给我怎样把它们扔向火堆。当我照做的时候，他发出了只有希腊孩子能发出的那种夸张的尖叫。领头的那位女士（可能比我大十岁）微笑着，满足地看着大家。等到火光渐熄、石头渐冷，刚刚也跳过火堆之后的母亲们，被她们快乐的、玩累了的孩子们围绕着，一起回家去了。周围数不清的橄榄树叶，带着一种难以觉察的美，没入了此刻无尽丰富的色彩中。

先来想一下游记写作的三个要素。

在个人感受方面：这是希斯坦德自己的经历。读者感到自己熟识作者，能够分享她的情感，甚至是她跳过火堆那一刻的紧张。在想象空间方面：她讲述了一个美国人如何在希腊的岛屿上发现一种不同的宗教仪式，然后参与其中，跳过燃烧的火堆的故事。在给出丰富信息方面：她写了在夏至日举行的充满奇妙细节的宗教庆典，以及为了纪念太阳渐亏而燃起篝火。

再来看一下这篇文章在津瑟所建议的整合方面做得怎样。希斯坦德的这篇文章以一种笔调、一种人称，讲述了一个她所经历的事件。全文使用统一的现在时态，在结尾时运用这种时态完美地展现了那些橄榄树叶"没入了此刻无尽丰富的色彩中。"整个文章充满一种回味的情绪，一气呵成。希斯坦德回忆了她是怎样被邀请参与了一次宗教仪式。全文只聚焦一个主题——宗教仪式，只聚焦一种思路——呈现仪式的重要性，不管对于希腊居民、作者还是读者而言。希斯坦德通过叙述，使读者来到了一个不一样的地方，并且展现了其中的精髓。

游记写作指南

在你开始写自己的游记之前，这里有几条指南供你参考。

——从容易写的东西入手

——记录丰富的笔记和交流的内容，让自己沉浸其中

——写一个对你来说意义重大的地方

——注意写好开头和结尾

——加入你自己的感情和想法

——关注相关的小细节

——以视觉化方式思考；就好像真能看见那个地方

——加入特征描写，务必准确

——让读者有所回味，有所思考

记住，你要带读者去一个新的地方。只有那些强烈的感受才有用。我们需要能够"坐地日游八万里"。大部分读者并没有机会真正跟随你的脚步，但是你可以通过描述自己的亲身经历，让他们感到身临其境，仿佛真的去过那个地方一样。

游记写作

不要忘记写个人随笔的四个步骤，像写评论文章那样，现在我们还是从前两个步骤开始。

首先，选择和识别。哪段旅行经历能够唤醒你？让自己安静片刻，然后跟进。哪段旅行故事让你想要分享？找到后就停下来，聚焦然后开始构思。不要太快开始。不要加入太多细节。这只是你的第一稿而已。你还有机会加入更多的细节。现在你不是在精雕细作，你只需要自由写作。

 写出游记的第一稿。限时十分钟。

现在进入展示阶段（要戏剧化）。想想故事的元素。想想叙事技巧：如何进行细节描述。什么会让你的读者保持兴趣？回到前文希斯坦德写的游记：精瘦的男孩，穿着黑衣的母亲，橄榄色的肌肤。作者在回忆时的矛盾情绪（情绪起伏，怀乡之情，紧张）。将其写得戏剧化一些。

 写第二稿，充分运用写作技巧。限时十五分钟。像以前一样，给你的文章起一个题目。

现在，你既写了评论文章，又写了自己的游记。你还可以继续梳理自己的文章节奏，运用第三步——以诗歌的元素来润色文章。通过这个过程，你也是在深入挖掘和强调文章的内涵。接下来就是第四步，在沉淀一段时间之后再来重写。

如之前做的一样，在你感觉你的文章已经准备好发表的时候，我还有一些投稿建议给你。先熟悉一些旅游杂志，然后选择三四家你认为合适的。可以找一些过刊来读，以便找找感觉，并参考编辑们对稿件的要求。这是你想让自己的文章刊载的地方吗？要记住，好的文章一定是基于灵感的，而不是命题作文。它要有内在的生命力。关于发表和出版的具体细节，请参看第十一课的内容。

如同评论文章一样，游记也是读者众多。使出全身本领写你的游记吧，争取带给读者新的惊喜和视野。

※ ※ ※

本课中出现了四个练习：两个为评论文章而作（第一稿，运用故事元素写作的第二稿），两个为游记而作（同样也是两稿）。你既可以按照课程要求来做，也可以在每个练习上花更多的时间，比如每周做一个。根据这四个练习，我建议你继续深入第三步（运用诗歌元素）和第四步（酝酿！），来进一步完善这两种类型的文章。

※ ※ ※

短篇小说和小小说

　　通过第二课和第三课，你已经从基础的写日记过渡到了写一般的文章。在这一课，你将学习如何写短篇小说。你的日记可以同时作为非虚构作品和虚构作品的种子。故事意味着叙事性，而它存在于所有类型的写作中。身兼作家和老师的尤妮斯·斯卡夫写道："写作的种子存在于每一种文体中，不论它是被讲述的还是被书写的，是想象的还是忆起的。只要我们活着，我们每个人就都有故事；只要我们能说，我们就能写。故事有补偿、重建和更新的力量，它将我们结成一体。"这就是故事。在通往作家路的这一年，我们始终伴随着故事。具体到这一课，你将以短篇小说和小小说的形式学习故事。

　　我对于短篇小说颇为乐观，相信文斯·帕赛罗所说的，美国的短篇小说正在静静地复兴。在他的文章《未必是故事》中，帕赛罗强调当代短篇小说在世纪之交日益蓬勃。尽管相较于20世纪海明威和菲兹杰拉德的30年代、《纽约客》风靡的50年代和极简主义①小说风靡的80年代而言，故事选集和小说类杂志都在萎缩，但是短篇小说在21世纪的前十年还是得到了扩张、革新、细化和丰富。

　　最接近短篇小说的定义应该是，每一个故事中都有某事发生在某人身上。人物在为了一个目标抗争——这个目标比故事中呈现的更崇高、更重要。或多或少地，人物为此感动。这一章我们学习短篇小说的结构、不同的元素，以及切入的视角。但是要在头脑中保持这样的印象：一篇短篇小说要大过它的每一个组成部分。在《小说的艺术》一书中，约翰·加德纳写道，"小说的原理是，在读者的脑海中创造一个鲜活而持续的梦。"故事，不论是短篇还是长篇，都

_____

　　①　极简主义作为后现代艺术的一种流派，原指一种设计风格。文学上的极简主义表现为文字的简约性，让读者主动参与内容成为文本角色。此类文学主要以松散的文体，如生活絮语、散文甚至箴言或短句形式表现。雷蒙德·卡佛被认为是美国20世纪80年代后短篇小说复兴的最大功臣，同时也是极简主义的代表作家。

在于要在读者的脑海中造梦。

这就是短篇小说这一写作形式吸引了几乎所有作家的原因。创造一个梦想世界的挑战是非常诱人的。怎样才能在读者的脑海中创造一个鲜活而持续的梦呢？如何让人物生活在一个虚构的场景中呢？这一切要如何在短篇小说中呈现？

短篇小说简介

当我们想到短篇小说，就会想到人物和行动。它们对于故事，就像句子中的主语和动词一样重要，人物没有行动就无法构成故事，而行动缺乏人物则无法传达意义。约翰·厄普代克①认为故事就应该做到凤头、猪肚、豹尾。②

在练习写作短篇小说的时候，可以参考以下书籍：约翰·加德纳的《小说的艺术》，拉斯特·希尔斯的《一般写作和短篇小说写作》，A. B. 高斯林的《小说写作生存指南》，安娜·拉莫特的《循序渐进作家路》。当然，你还会从阅读短篇小说中学到更多。你会阅读契诃夫、詹姆斯·乔伊斯、弗兰纳里·奥康纳、海明威、爱丽丝·芒罗③、洛丽·摩尔④。你也会阅读最佳短篇小说选集和文学期刊：

---

① 约翰·厄普代克（John Updike，1932—2009），美国小说家、诗人。一生发表了大量体裁多样的作品，包括系列小说"兔子四部曲"、"贝克三部曲"以及一些短篇小说集、诗集和评论集等。其中，《兔子富了》和《兔子歇了》使他分别于1982年和1991年两度获得普利策小说奖。厄普代克被公认为美国最优秀的小说家之一。

② 该句话直译为：故事在开头使人感到惊奇，寥寥数语引人入胜；在中段得到深入展开；然后在结尾处给出富有意义的完满阐述。

③ 爱丽丝·芒罗（Alice Munro，1931—　），加拿大著名女作家。2009年获布克国际文学奖，并曾三次获得加拿大总督奖。代表作有《荫影之舞》。

④ 洛丽·摩尔（Lorrie Moore，1957—　），美国短篇小说家，以辛辣幽默的语言跻身美国当今最优秀小说家的行列。

《纽约客》、《犁头》、《格兰塔》，等等。其中许多都有纸版和电子版。找到你最喜欢的短篇小说作家，然后读完他或她所有的作品。记住，你是站在所有前辈的肩膀上进入这个写作世界的。记住这点，然后再去阅读。不要担心模仿大家的作品，正是在阅读和写作的过程中，你才能最终发现属于自己的声音。

　　当我开始学习短篇小说写作的时候，我读了所有海明威的小说，还有奥康纳的。他们都是我的老师。我将每一个故事分开读，试图弄清楚它们是如何产生效果的。我读了奥康纳的《神秘与规矩：散文遗珠》，包含了一些她最好的文章，还有带有小说性质的作品，以及如何写短篇小说。奥康纳的题目显示了她对此的看法——通过精心构筑场景，老老实实地揭示意义。只有通过规矩的表现手法，我们才能发现其中的神秘。她能够写出那种小说，即作者自己也不知道人物的神秘性意味着什么，但是人物本身却适合于一个可信的上下文中。

　　作者就是读者。谁是你最喜欢的短篇小说作家？问问自己为什么会喜欢他。研究他们的作品。这些作品何以如此动人、如此成功？它们是如何写成的？如何描绘人物？如何使用观点？作者的声音重要吗？如何运用想象力？把那些俘获你想象力的段落标示出来。你最喜欢的作家就是你最好的老师。

　　让我们看一下詹姆斯·乔伊斯的经典短篇小说集《都柏林人》中《死者》的几个句子。这是这篇故事的最后几句，写得极富诗意——有韵味的句子，凝练的想象——这几个句子本身就是殿堂之作。

摘自《死者》

又下雪了。他懒懒地看着雪花，银与黑，映着灯光纷飞飘零……它们飘散在黑暗大地的每一个角落，飘散在荒寂的山丘……也飘散在山顶上那可爱的教堂墓园……当他倾听那些雪花在整个宇宙间簌簌飘落的时候，他感到自己的灵魂也在慢慢消融；在簌簌飘落的时候，仿佛一切都到了尽头，超越死生。

再读一遍最后一句。雪花在簌簌飘落，簌簌飘落至超越生死。在这里，乔伊斯确实在读者脑海中创造了一个鲜活而持续的梦。

短篇小说范例

在学习短篇小说的结构和不同元素之前，先来看一篇短篇小说的例子。我在小小说之前选了一篇相对短小的短篇小说。在短篇小说的大类中，瞬间小说（sudden fiction）和闪小说（flash fiction）是两个子类别。像托尔斯泰、契诃夫、莫泊桑和卡夫卡都写过这样的短篇小说，还有格蕾斯·佩蕾①。她的《欲求》是一篇不足800字的绝对的短篇小说，首次发表于1974年。

《欲求》

我在街上看到了我的前夫，我当时正坐在新开放的图书馆的台阶上。

你好啊，我的生活。我说。我们曾有一段27年的婚

---

① 格蕾斯·佩蕾（Grace Paley，1922—2007），当代美国犹太女作家。她的著述并不丰富，只出版了3部短篇小说集，却颇受文学界和评论家的关注和好评。佩蕾的与众不同之处在于：她是政治活动家，又是一位在艺术上不懈探索的作家。

姻，所以我觉得我这么说没错。

可他却问道，什么？什么生活？反正不是我的生活。

那好吧。我说。我对于真正有分歧的事情并不想争论。我站起身走进图书馆，打算去看看我到底欠了多少费。

图书馆管理员表示我欠了他们32美元，而且已经欠了18年。我不想否定任何事。主要是由于我不明白这些时间是怎么过去的。我经常想着要来还这些书，毕竟这家图书馆离我家只有两个街区。

我的前夫跟着我来到了还书柜台。他打断了那个本来还有话要说的管理员。基本上来说，在我看向他的时候他开口道，我认为我们婚姻的瓦解跟你从来不邀请伯特伦一家来咱家吃晚饭有关。

有这可能，我说。不过真要这么说的话，你应该记得：首先，我爸爸那个周五病了，往后咱们就有孩子了，然后我就每周二晚上都要开会，再然后战争就爆发了。而且咱们也不见得跟他们家有多熟啊。不过你说的对，我应该邀请他们来吃晚饭。

我给了那个管理员一张32美元的支票。马上地就对我信任有加了，把我的过去抛在脑后，清空了我的欠款记录，这是大多数其他的市政和（或）国家机关绝不会做的事。

我再次借出了自己刚还的那两本伊迪丝·华顿①的书，

----

① 伊迪丝·华顿（Edith Wharton, 1862—1937），美国女作家。作品有《高尚的嗜好》、《纯真年代》、《战地英雄》等。伊迪丝出生于纽约上流社会，作为社交名媛，后在欧洲定居下来，在豪华的巴黎公寓及法国南部花园别墅里，经常以文人的身份热情慷慨地招待初出茅庐的年轻作家们。

因为我是在太早之前读的了，而它们显然比那个时候更适合今天的状况。这两本书分别是《充满欢笑的房屋》和《孩子们》，都讲述了 50 年前美国纽约的生活如何在 27 年间发生了改变。

我倒是记得咱们的早餐还不错，我前夫说。我对此感到惊讶。因为我们的早餐就只是喝咖啡而已。我还记得橱柜的后面有一个洞，通到了隔壁的公寓。他们家经常吃甜味腌制的烟熏烤肉。这让我们家对早餐印象深刻，因为我们从来吃不饱，而且吃得很差。

那是因为我们当时很穷，我说。

我们什么时候富裕过？他回答。

哦，日子不是越过越好么，我们又不缺什么。你还上了足够的财产保险，我提醒他。孩子们每年可以穿戴整齐地参加为期四周的露营，有睡袋，有靴子，跟别人家的孩子一样。他们看起来棒极了。在冬天我们的室内温暖如春，而且我们还有红色的大靠垫，还有好多东西。

可我还想要一艘帆船，他说，而你什么都无所谓。

别挖苦人，我说，你想要的话什么时候都不晚。

不是这样的，他以一种极其苦涩的口吻回答。反正我会有一艘帆船的，而且我有钱买得起一艘两人用的 18 英尺的船。我今年干得不错，而且会越来越好。但是对你而言，已经太迟了。你总是无欲无求。

过去的 27 年他就是一贯做出这样刻薄的评价，就像拿着一个管道疏通机从我的耳朵下到喉咙，然后堵在我的心口。再之后他就消失不见了，任凭那东西生生把我噎住。我是说，任凭我坐在图书馆的台阶上，他就那么绝尘而去了。

我翻着手中那本《充满欢笑的房屋》，但是失去了兴趣。我感到深受伤害。没错，在那一刻，我什么也不想求、什么也不想要。但是我确实是想要某种东西的啊。

我想要立刻变成另外一个人。我想要成为那种借了两本书，两周后准还的人。我想要成为那种雷厉风行的好公民，改变教育体制，要求预算委员会解决市中心的诸多问题。

我甚至还曾经承诺过我的孩子们在他们长大之前让战争结束呢。

我想要成为那种一旦结合就永不分开的人，无论是对我的前夫，还是我的现任。不管是否有足够的心性来应对这一生，最后你会发现一生原来真的并不长。这短暂的一生，还不够你完全理解一个人的全部品质，或者听完他那些无穷无尽的理由。

就在这个早晨，我望着窗外的大街，看着那些梧桐，这些树在我的孩子出生前若干年被悉心种下，如今，它们已经枝繁叶茂。

好吧！我决定把这两本书还给图书馆。这证明了当一个人或一件事对我有所触动或者让我有所思考的时候，我还是能够采取适当的行动的。当然了，我看我还是更善于接受友善的评价。

又一次，作者在读者脑海中构造了一个鲜活而持续的梦。你会感到自己也想要在图书馆的台阶上和她一起坐下来。我将以这篇文章讲述短篇小说的结构、它的不同元素以及切入视角。

短篇小说结构

短篇小说的基本结构包括三个部分：开头部分（人物的希望）、中间部分（人物的努力）、结尾部分（最终结果）。理论上，这三个部分是统一的，短篇小说应该尽可能地完整。

——开头部分：应该有一个最初事件使主人公面临某个问题，这个问题使主人公产生了希望或者需求（目标）。

——中间部分：主人公努力实现他或她的希望。这其间事情会变得越来越混乱（出现危机）直到抵达高潮，当然同时也就达到了转折点。

——结尾部分：有所显现。（詹姆斯·乔伊斯语，意为对人物或情境真谛的领悟。）主人公打动人心，总算完成了任务，圆满收场，问题解决。

在《欲求》这个例子中，你会看到开头部分，主人公坐在图书馆的台阶上，然后看到了她的前夫。她想回忆他们婚姻中的幸福部分，尝试以这种方式搭话。这就是人物的希望。中间部分是她和她前夫的对话，以及她前夫对于这段婚姻之所以终结的结论——因为她没有邀请过伯特伦一家来吃饭。这里有一个丈夫回忆他们早餐的小高潮。这使她提起橱柜后面的那个小洞，随即引出了与邻居家的对比："我们当时很穷。"然后他们就说出了彼此分歧的原因：彼此的不同欲求。丈夫想要一艘帆船。这个小危机引出了最终的高潮，这就是丈夫对妻子说——"你总是无欲无求"。故事的结尾是：她重新坐回图书馆的台阶上，而她的丈夫已经走远。这次短暂会面带来的结果是——对于叙述者也对于读者——她接受了生活本来的样子，然后很高兴地看到在孩子们出生之前种下的梧桐树现在已经枝繁叶茂。这就是全部的三个部分。

正如厄普代克对短篇小说的要求，故事以寥寥数语引人入胜，在中间部分得到深入展开，然后在结尾部分完美收场。读者在心中与叙述者达成了温暖的共识。

短篇小说的不同元素

学习短篇小说的第二个步骤是要考虑构成它的不同元素。成功的当代短篇小说能够使其所有元素和谐地交织在一起：人物，情节，场景，主题，对白，想象，风格，视角，以及口吻（代表作者的看法以及价值观）。所有这些元素以一种简洁的方式交织在一起，形成一个整体，同时每一种元素都有助于整个故事的成功。而这种成功有赖于故事中人的重要性。

《欲求》这篇文章向你展示了格蕾斯·佩蕾如何运用这些不同的元素：

——人物：妻子和前夫的形象都显得真实可信，读者进入了妻子的内心世界，感受到了她的憧憬、她的希望，以及她的"欲求"。

——情节：妻子在与前夫不期而遇中受到了触动，回忆起了他们在一起的那些年，感到了自己的心碎，然后继续前行。

——场景：图书馆的台阶——这几个词准确刻画了一个有意味的地点。

——主题：成为一个真实的自己的重要性，尽可能地活好每一天。

——对话：故事的前三分之二是连续的直接对话，没有加引号，但是非常容易理解。掺杂了对白和回忆的写法使这些场景显得非常私人化。"我倒是记得咱们的早餐还不错，我前夫说。我对此感到惊讶。因为我们的早餐就只是喝咖啡而已。我还记得橱柜的后面有一个洞，通到了隔壁的公寓……"读者跟着对话进入了回忆，接着进入了一段亲密的关系。

——想象：从图书馆的台阶到两本书的书名再到橱柜后面的小洞，故事中遍布富有内涵的意象，当然还包括现在已经枝繁叶茂的那些梧桐树。最后，这里有一个极其富有想象力的比喻：丈夫刻薄的评价被比喻为管道疏通机，顺着妻子的耳朵然后堵在心口。再之后任凭那东西生生把她噎住。

——风格：佩蕾的风格很好识别，克制、亲切、语带讽刺，同时富于同情。

——视角：第一人称，使读者直接了解主人公的想法。

——口吻：反映了佩蕾对于理想婚姻的看法，对于怎样成为一个好公民的看法。正是因为这种口吻，读者渐渐喜欢上了文中的妻子（也就是作者本人）。

短篇小说中的所有不同元素——包括加入的讽刺幽默元素——都以一种可以使整个故事变得完整的方式结合在一起。故事就是一个整体。这也是故事之所以成功、深刻的原因所在，因为它涉及如何对待人们的爱情和婚姻。读者能够在故事中看到自己的影子。那些极度世俗化的细节让人感觉熟悉——去图书馆还书、甜味腌制的烟熏烤肉、市政部门种在街上的梧桐树。这就是奥康纳所说的精心设计细节的必要性，而这种设计，出于对讲述者和彼此相通的人性的终极信仰，也正是为了让读者感到亲切熟悉，正是为了让读者觉察不到其中的匠气。

叙述视角

创作短篇小说第三个需要考虑的因素是叙述视角。首先，要决定哪个人物拥有这种视角。这是谁的故事？换一种问法，谁是那个能够感动人的人物？这个选择通常属于作者最原始想法的一部分。而这个问题对于故事的成功与否至关重要。作者很多时候并不确定她笔下所写的是谁的故事。在《欲求》中，这是妻子的故事，这个妻子是让人心生感动的人物，因此她获得了故事的叙述视角。这篇文章如果从前夫的视角出发就会变成一个截然不同的故事。

接下来，故事应该采用第一人称、第二人称还是第三人称？这里对于不同的选择做了一个简短的总结：

——第一人称：作者从一个人物的内心出发，以"我"的角度叙述，通常假设自己就是那个人物。这在佩蕾的小说中表现得很明显。

——第二人称：这种方式很少出现。我在第七课引用了一个以第二人称写作的故事《小红帽归来》。主人公是"你"。

——第三人称：第三人称有若干种不同的写法：

>> 主观第三人称：作者从一个人物的内心出发，以"他"或"她"的角度叙述。这种方式比直接用第一人称写作增加了作者和人物之间的距离。弗兰纳里·奥康纳的作品多使用主观的第三人称视角。凯文·威尔森的小小说《被带走》也是这样（接下来就是这个例子）。

>> 客观第三人称：作者并不从某一个人物出发，只是以"他"

或"她"的角度叙述。海明威的作品多使用客观的第三人称视角
（在第六课有一个例子）。

>> 全知视角：作者以这种方式浸入每一个人物的内心世界。作者就像全能全知的上帝一样，了解每一个人的想法。数个世纪以来作家都是这种写法（比如列夫·托尔斯泰和亨利·菲尔丁[1]）。随后也许是出于对上帝和真理的质疑，作家们开始寻求避免全知视角的写作方式（比如亨利·詹姆斯[2]和约瑟夫·康拉德[3]）。时至今日，由于不再带着那么多形而上学的质疑，一些作家开始重新使用这种方法（比如乔伊斯·卡罗尔·奥茨和威廉姆·盖斯）。

>> 多重视角：这种方式中的作者不再"扮演上帝"，而是从一个视角跳到另一个视角，让读者知道每一个人物的所思所想。珍妮特·E·加德纳的小小说《礼物》用的就是这种方式（见本课的最后一个例子），以寥寥数语就让我们拥有了三个不同的视角。

试着为一个短篇小说写一个开头，只写一段。寻找一个想象中或者记忆中的人物，将他或她置于一场能够引出行动的事件中。比如，想象一个家长正处于青春期的儿子或者女儿很晚才回家，或者回忆一下你的类似经历。写一个父母的故事。或者从孩子的视角想象这个故事，写一个青春期少男少女的故事。花几分钟，闭上眼睛，让人物主动来到你面前。当你选定了人物，仔细考虑一下，在脑海

---

① 亨利·菲尔丁（Henry Fielding，1707—1754），18 世纪最杰出的英国小说家、戏剧家。18 世纪英国启蒙运动的代表人物之一，是英国第一个用完整的小说理论来从事创作的作家。

② 亨利·詹姆斯（Henry James，1843—1916），19 世纪美国伟大的小说家。代表作有长篇小说：《一个美国人》、《一位女士的画像》、《鸽翼》、《使节》和《金碗》等。他的创作对 20 世纪崛起的现代派及后现代派文学有着非常巨大的影响。

③ 约瑟夫·康拉德（Joseph Conrad，1857—1924），生于波兰的英国小说家，是少数以非母语写作而能成名的作家，被誉为现代主义的先驱。代表品包括《黑暗之心》、《吉姆老爷》、《密探》等。

中勾勒他的样子。如果你身处一个作家工作室，那么这里便是你停下来与其他写手分享你的故事和人物的好地方。

接下来问问自己，你想要以第几人称讲述人物的故事。你想以第一人称写作（"我"）？还是用第三人称（"她"或"他"）？哪种方式对于这个独特的故事来说显得更自然？当你开始动笔写的时候，试着在一段之内交代清楚人物和事件。不要着急。先写出一段，慢慢来。

以第一人称或第三人称写出一个短篇小说的开头。限时十分钟。

花一点时间，再以另一个人物的视角写一遍这个开头。用几分钟想象一下这个故事在另一个人眼里的样子。故事还是这个故事，发生在同一个人物身上，但是你要以不同人的视角来写。你不可以只是简单地替换代词；故事需要根据不同的视角进行改动。再写一遍，仍然只是尝试第一段。

以不同人的视角写同一段开头。限时十分钟。

现在重读这两个练习作品。感觉哪一个更自然？可以把它作为你的短篇小说的开头。

小小说简介

时间回到 20 世纪 80 年代，当时瞬间小说（一般在 2 000 字以下的小说）开始出现在文学期刊和一些小出版社出版的书籍中，小小说类型被视为一个微型王国。它们在几页纸的篇幅内构筑了整个世界。正是借由这种凝练，小小说以与长篇小说截然不同的方式有力地穿透和洞察了人类社会的生活。

第一本美国小小说选集《瞬间小说》由罗伯特·沙帕尔德和詹姆斯·托马斯合编于1986年。鉴于其取得的巨大成功，编者随即出版了第二卷《国际瞬间小说》，其中加入了一些已经由其他语种翻译为英语的优秀的小小说作品。托马斯还致力于开发一种篇幅更短的（少于750字），被称为闪小说的作品形式。在1996年，沙帕尔德和托马斯编纂了第三部选集，《瞬间小说（续篇）》。他们的作品如此风靡，以至于2007年问世的第四本选集《新瞬间小说：美国及其他国家小小说选》中包含60篇少于2 000字的小小说。

每一种新选集的出现都是对小小说地位不断巩固的证明，出现在文学期刊、小型出版社以及传统文学领地之外——日报和特刊册页、博客、网站文章上的作品数量越来越多。这种题材大获流行的标志是，以小小说为内容的文章开始大量出现在若干种文学评论期刊上。这些期刊包括：《东南评论》、《印第安纳评论》、《中美评论》，还有《作家文摘》。

小小说的魅力

查尔斯·巴克斯特在《国际瞬间小说》的序言中解释了小小说为何如此流行，他认为这些故事如此吸引读者的原因可能在于小小说临界于多种体裁：既介于诗歌和小说之间，又介于详述和速写之间，还介于个体与群体之间。正是小小说的这种多面性构成了其吸引力的最重要的一个方面。独具吸引力的第二个重要原因在于小小说的突然性。编者在《瞬间小说（续篇）》的序言中指出，小小说就在于出其不意。

对于小小说的吸引力，我还想强调另外一个原因，这个原因就蕴涵于小小说的微型王国中。小小说就像是我们当代社会不断增加的噪声中央的一个小岛，在这个小岛上我们得以喘一口气。科技、电视和互联网使得整个世界触手可及。我们可以知道其他地方在发生什么事情——而且可以马上知道。这种强度的信息流几乎使人错愕，我们的生存空间无限接近。而小小说能够以恰如其分的篇幅给我们提供一次喘息的机会。

你可以通过接下来的两篇小小说亲自体会一下小小说的魅力，去看看在一个完全自足的微型王国中故事是如何出其不意地发生的。但在此之前，我们先要给小小说一个简练的定义：它包含了所有短篇小说的元素，同时加入了"突发"这个元素。一切都有赖于凝练——一次洞见的闪现、一次夺人的创造。其形式可以千变万化。一般而言，小小说介于 800～2 000 字之间，闪小说一般少于 800字。[①] 另外，小小说和闪小说同属于一个家族：短篇瞬间小说。

怎样使小小说达到效果

首先，一般而言，故事要与突发的危机有关。这就是首先设定的情形，同时人物几乎没有从容地做出行动的时间。这种故事的容量太小，以至于没有足够的长度来塑造人物。所以通常情形下，故事本身是大于人物的。在紧张的压力下，人物只是做出应激反应。

---

① 指英文字数。——编者注

这种突发的危机会导致意想不到的揭露事实真相的时刻来临。

第二，小小说是介于诗歌和小说之间的体裁。这就需要关注那些具有诗性的想象力元素（意象本身要有隐喻，以便显示出故事的内涵）、节奏和韵律（句子要有重音和非重音的不同音节，读起来抑扬顿挫，词语发音有节律），以及精炼（整个故事作为浓缩的精华，用若干段落呈现出来）。与此同时，还要注意叙述元素：描写性细节、对白、紧张感、情节（起伏跌宕），以及某种程度的问题解决。

第三，小小说通常是开放式的，以一种建议的可能性而不是一个确定的结论结尾。故事的真相超越解释，几乎处在悖论的境地。小小说是一种瞬间的呈现。对这个瞬间没有必要下定论，相反，要留给读者足够多的思索和想象空间。

下面来看一篇凯文·威尔森的小小说《被带走》，发表于《速食小说》杂志（2003 年第 4 期）。这本杂志从 2001 年开始发行，春秋两季刊载少于 500 字的小说。

《被带走》

当那只老鹰飞来掳走小狗的时候，班尼正带着他的小狗散步。没准那根本就是一只猎鹰。或者是一头大鸟，不管是什么吧，反正它抓走了班尼的小狗。

"嘿，"班尼喊了一声，那只鸟一阵风似的扫过然后从人行道上抓走了小狗，那可怜的小狗根本不知道发生了什么事情，甚至连叫都没顾上叫一声。"嘿，"班尼又喊了一声。老鹰径自飞走了，越飞越高。"嘿，"他再次喊了一声，尽管自己知道再喊也没什么用了。

班尼是求了父母一年多才得到这只小狗的。父亲认为他不够负责任。"你才十一岁，"父亲告诉他，"你妈妈还要在你的内衣上写上你的名字呢。"但是，他一再坚持，毫不动摇。他无时无刻不在说狗的事情，在墙上贴满了狗的照片，睡觉的时候学狗叫。

这样，他们才给了他这条小狗。这是一条纯种的、有证书的小狗，是班尼曾经见过的最棒的东西。他叫它芹芹，而且同意了父母为养狗制定的所有要求。他要负责自己喂狗，收拾整理它的物品，还要每天遛狗。"既然这样，班尼，"他的父亲说，"你已经得到了你的小狗，所以我不想听到你再要求任何别的东西。不能要独轮车，不能要上空手道课，不能要任何东西。"这对班尼来说都不是问题，他只想要他的小狗。

现在，班尼眼睁睁地看着芹芹被从身边带走，越来越远。皮带还在小狗脖子上拴着呢。这让班尼想起有一次他在公园放风筝，结果手柄掉了，风筝就那么飞走了。哦。爸爸又该埋怨了。他觉得自己简直太蠢了，怎么就没有握住皮带呢。小狗就是他的责任啊。

他曾经为许多东西担心过。担心汽车，或者别的大狗，或者其他大孩子，还有他的父亲。但是他从来，甚至在最可怕的噩梦里，也没有想过一只巨大的、会飞的东西能从他身边把自己的小狗带走。

老鹰和小狗现在都不见了，从视野里消失了。但班尼还是在原地动都动不了。他在哭，他能感到泪水在脸上横流。世界这种残酷不公的方式简直匪夷所思。

他知道父亲再也不会给他另一条小狗了。他突然想到父亲可能根本就不会相信鹰把狗叼走了这个故事。他一点儿也不想回家。他不断想着那只鹰带着他的小狗可能去的地方，某个远离这条人行道的遥远的地方，他什么都不想要，就希望能到那里去，跟它们在一起。

在这篇小小说中，一个危机事件突然发生。班尼在遛狗的时候，飞来一只老鹰把小狗芹芹捉走了。事情突如其来，班尼对这次事故没有责任，老鹰是从天上来的，他有什么办法？他只能回忆自己是多么地爱小狗，是怎么得到小狗，是怎么许诺为了小狗可以做任何事，以及他的父亲是如何地不信任他，乃至现在他如何不想回家。故事以一种倒叙的方式展开，掺杂着回忆。

故事以诗意的细节巧妙地编织。班尼的"嘿，"重复了三次——"嘿，"班尼喊了一声，"嘿，"班尼又喊了一声，"嘿，"他再次喊了一声——在小小说中，这种手法所起的作用就和诗歌里的重复一样。小狗飞走时脖子上挂着皮绳的画面使班尼想起放风筝的时候丢了手柄，这是这个故事的核心意象。作者将风筝消失的画面作为班尼童年的一种隐喻，是班尼作为孩童的梦。

整个故事一气呵成，运用了描述性的叙述细节、情节、对话和问题解决。起伏在闪回中呈现：当班尼得到小狗的时候，所有他对父亲的承诺，所有他愿意为小狗做的事情，所有他的担心。然而他从没有担心过一只大鸟会从天而降把芹芹捉走，越飞越远。

最后，文章呈现了一种富有想象空间的结论，一个悬停的时刻：班尼想要与自己的小狗一同消失。看到这个悬停的时刻，会飞的东西带走了小狗而班尼希望与它们一起离开，你，作为读者，同样会想起自己孩提时代消失的梦。

下面是一篇更短的闪小说《礼物》（不足 500 字），作者是珍妮特·E·加德纳，发表于《贞女评论》。这是一本致力于出版闪小说的线下和线上杂志。

《礼物》

那年圣诞节，就在琼尼入院的前夕，她给了每个人一只万花筒。原色的、木质的给了她的母亲和姐姐；一只光洁的、不锈钢材质的、钢笔大小的给了海伦；各种亮色塑料的给了她认识的每个孩子。然后是史蒂芬——可以说是她送出的最奢侈的礼物——黄铜制造，产自瑞士，价值400美元，镜片很昂贵，仿宝石的颗粒仿佛在液体中流动，变换折射着它们的流光溢彩。

"我们应该想到，"海伦后来说，"万花筒是一个迹象。"一个迹象，她强调，正是这个扰人的想法，所以琼尼才会在那个明亮的清晨毫不犹豫地走出医院，走进河中，笑着没入那阳光破碎、闪着粼粼波光的围绕着她的寒冬腊月的冰水中。

那个下午，要不是自己既无惊喜又无悲伤，史蒂芬本可以把那只万花筒取出来。那本可以成为他圣诞节后第一次把玩它的机会，而现在，几乎浑然过去了一个小时，他只是透过它凝视那个鲜活的、缓慢移动的、支离破碎的世界。

故事中的每个人物都对突如其来的危机作出了反应。琼尼对入院的反应是送万花筒；这是一个带有符号意义的意象，显示了在困扰着的思绪下她还能冷静地思考。她留给家庭和朋友一个破碎世界的符号，而这个世界正是她所经历的。海伦的反应是，意识到琼尼选择万花筒作为礼物相送时为时已晚。而史蒂芬的反应来得最慢，他的反应是盯着破碎的世界看了将近一个小时——现在，这是他自己的支离破碎的世界。同时，也是读者的。

同样，作者也注意运用了诗意的元素。"原色的、木质的给了她的母亲和姐姐……"当你读到这里，你会不自觉地慢下来，想把每个词都念出来，每个音节都加重。"一只光洁的、不锈钢材质的、钢笔大小的给了海伦。"这句也是一样。然后是装着仿宝石颗粒的万花筒"仿佛在液体中流动，变换折射着它们的流光溢彩。"万花筒变成了琼尼周遭世界的隐喻，一个主导者，一个即将摧毁她的世界。"笑着没入那阳光破碎、闪着粼粼波光的围绕着她的寒冬腊月的冰水中。"闪着粼粼波光的寒冬腊月的冰水有一种音韵的重复。

作者对叙述细节也同样给予了关注。通过给朋友们赠送万花筒，琼尼同时向友人和读者预示了她的生命很快便会支离破碎。每种万花筒的细节差异有效地提示了不同友人的性格。当过渡到海伦的醒悟的时候，念白加入了叙述中，史蒂芬那个很长的凝视动作也增加了这种醒悟的力量。

开放式的结尾只写到史蒂芬最终面对一个万花筒下鲜活的、缓慢移动的、支离破碎的世界。同时，也面对他自己的支离破碎的世界。作为读者，你并不知道他的反应。相反，你会感到时间凝滞，并以此来面对你自己的支离破碎的世界。

再看文章的标题：《礼物》。这个标题加深了故事的悲剧性。请重视标题的重要性，当选择巧妙的时候，标题能够使整个故事得到拓展。

小小说写作

现在轮到你来写一篇小小说，或者最好写一篇闪小说——字数更少（少于 500 字），并且可以用更多时间来打磨——完成两个指导练习。这里有一些指导细则。

　　——回到你在第一个练习中写过的人物，或者重新挖掘一个想象中或记忆中的人物。

　　——将人物置于一种创造需求或欲望的令人兴奋的情境中。开场对小小说至关重要。突发事件关系到人物对这个开场的反应。在开始写作之前，把自己浸入其中。让故事中的人物和场景从你的脑海中浮现出来。

　　——一旦你拥有了故事（记忆中的或是想象中的），审视人物并决定要写哪一个：以第一人称写（像格蕾斯·佩蕾的《欲求》），还是以第三人称写（像珍妮特·加德纳的《礼物》或者凯文·威尔森的《被带走》）。

　　——将人物和场景在一两句话内介绍完。然后开始写中间部分，写出情境的起伏——这就是你的故事所在。不要强加一个结论；让你自己意外发现它。把写作速度放慢。

开始写小小说。限时十五分钟。

　　写满十五分钟之后停下来，看看自己写到哪儿了。已经写出开场并交代完任务了吗？写到中间，故事的发展部分，写到复杂节点了吗？你已经找到如何引向开放式结尾的方法了么？你的人物让人感动么？如果你是在作家小组中，给你旁边的人念一遍你的故事。如果你是一个人练习，就把故事大声读出来。注意听自己的用词。要连贯自如。审视一下意象的运用。现在回到桌前，准备再完成另一个十五分钟的练习。

继续写；多酝酿一下结尾部分。限时十五分钟。记得给你的小小说起一个名字。

如果要我找一个词来形容小小说，我会给这个小王国起名叫"晶灿王国"。祝你享受使自己的小小说作品晶莹璀璨的过程。

※ ※ ※

在这一课中，你做了两个各十分钟的短练习（写一个短篇小说的开头，以及对同一开头选取不同的视角来写），以及两个各十五分钟的长练习（开始着手写小小说，然后完善一个开放式结尾）。如果按照规定的时间来操作，你可以一次完成这些练习。或者像在每一课中的那样，你也可以把每个练习分散在一个月或者一周之内做完。

※ ※ ※

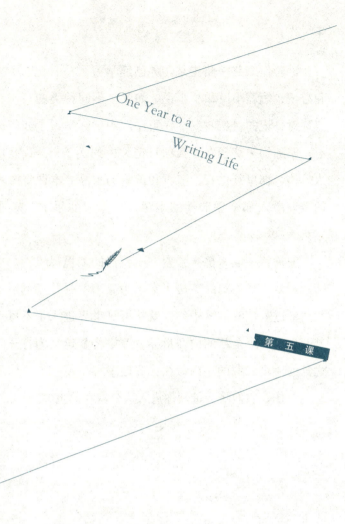

One Year to a

Writing Life

第 五 课

梦和写作

　　沿着作家路一路走来，你已经学习了写日记、个人随笔、评论和游记、短篇小说和小小说。如此多不同种类的写作和故事都来自于你对日记的耕耘收获。在第一课中，你学习了如何深入写作的核心，跟随梅·萨顿在《孤独日记》中的例子——论及层层障碍，深入母体，那里有化石、宝石和蕴藏的水晶。本课将要求你运用自己的梦境潜入那个创造性的本源。在作家的手下，梦是极为有用的工具。

　　罗伯特·范·德·卡索在《我们的梦境思维》一书中写道，在清醒与梦境状态间的穿梭丰富了想象力并强化了创造力。当你从日常生活进入夜晚的梦中，你就从可见世界进入了不可见世界。你的梦开启了一个全新的内在世界。荣格将梦定义为打开内在灵魂休憩之处的一扇隐藏的小门。在你开始书写梦境之前，你需要记下并与它们合作。它们将会带领你进入这个内在的世界。

梦 的 历 史

　　早在历史成形的黎明期，人类就认为梦是来自上帝的讯息。对于梦的最早记载要追溯到公元前3 200年古老的美索不达米亚，苏美尔人把这些梦记录在了岩壁画上。公元前3 000年的古埃及，为了表达对塞拉皮斯神（Serapis）的崇拜，孟菲斯市建立了梦的神庙。希伯来人将它们的梦化为对耶和华的聆听。《旧约全书》充满了各种梦的描写。雅克布梦到了一座通往天堂的天梯，上下环绕着天使，耶和华出现在他的眼前（创世纪28：12）。

　　公元前15世纪，希腊人也建造了梦的神庙。最著名的一个在埃皮达鲁斯，那里是人们敬奉医药之神阿斯克勒庇俄斯（Aesclepius）

的所在地。神庙环绕着一口井，中央饰以蛇的形象——蛇被视为重生的象征，因为它们每次蜕皮之后都重获新生。每当夜晚降临，灯光熄灭，男女祭司就会唱诵："睡吧，梦吧，梦到医神降临梦中，睡吧，梦吧。"等到清晨来临，医生就会过来听梦然后进行治疗。我也会在晚间入眠的时候使用同样的连祷，作为向梦境世界开启自己的方式。

几乎同时代，中国的道家也出现了"庄周晓梦迷蝴蝶"的著名典故，意思是说庄周梦到蝴蝶，突然间醒过来，不知是庄周梦中变成蝴蝶，还是蝴蝶梦见自己变成庄周。同时在印第安人的玛雅文化中，佛陀的母亲怀上儿子的时候也梦到自己曾被送至天空。

一千多年后的公元 594 年，穆罕默德在梦中接受了神圣的任务，并且遵从戒律，在日常修行中聆听梦的启示。在西方世界，宾根的赫德嘉（Hildegard of Bingen），12 世纪本笃会的女修士、作曲家、医士，也通过梦中景象获取智慧。她曾梦到宇宙全景，以及所有生物在庆祝创世纪。但是到了中世纪后期，梦被视为通往冥界，进入恶魔领地的入口。天主教强烈抵触梦的世界。他们对于梦如此不信任，以至于马丁·路德祈祷不要让自己忆起梦境。数个世纪过去，启蒙主义终于使梦摆脱了与恶魔和审判的关联。哲学家和科学家开始运用理性思维对梦境进行研究。19 世纪，作为弗洛伊德和荣格到来的先声，浪漫派开始检视梦境的含义。

1900 年弗洛伊德的著作《梦的解析》让我们以一种现代的眼光理解梦境，其中梦被推崇为"通往潜意识的神圣之路"。作为弗洛伊德的同事，荣格更深入地探究了潜意识，认为其不仅包括个人的无意识，同时还包括集体无意识——存在于我们从神话、民间传说和寓言故事中继承的集体遗产。

梦境写作

当我们做梦时，我们就进入了一个截然不同的世界：一个潜意识的世界。在那里，语言变得形象化，感觉得到加强，想象力更加丰富。迈克尔·翁达杰①在他的作品《诗人还乡》的开头写道："一切开始于一个真切的梦，真切到我几乎不能自持。当时我睡在一个朋友的家里。我看到了我的父亲，似乎是在热带地区，场面一团混乱，有很多只狗围着他狂叫。噪音吵醒了我。我从那个不甚舒服的沙发上坐起来，发现自己在树林中，空气炎热，浑身流汗……那是一个初冬，而我梦到了自己在亚洲。"一切都开始于一个梦，在梦中，他唤起了记忆中的旅行，回到了他在斯里兰卡的奇幻童年。

娜奥米·埃佩尔和威廉·斯泰隆②合著的《作家的梦》解释道，"《苏菲的选择》这本书的整体概念即使不是来源于一场梦，也是某种我醒来的瞬间萦绕在脑畔的影像……一种从梦中出现，浮现于意识层面的图景，印象中那个女孩的名字叫苏菲。这种意识是如此强烈，以至于我在床上躺着，突然间就明白我即将创作一部小说来将其消化……就是在那个早上，我走进了我的工作室，动笔写下了第一个字，就像它们在书里呈现的那样。"

---

　　① 迈克尔·翁达杰（Michael Ondaatje，1943— ），斯里兰卡籍加拿大小说家及诗人。最著名的作品是《英国病人》，该小说荣获 1992 年布克奖，1996 年被拍摄成电影后，荣获 9 项奥斯卡奖。
　　② 威廉·斯泰隆（William Styron，1925—2006），美国著名小说家，被誉为继海明威和福克纳之后最伟大的作家之一。1951 年，长篇小说处女作《躺在黑暗中》一问世就获得美国文学艺术学会的大奖。1967 年的《纳特·特那的自白》为其赢得当年的普利策文学奖。1978 年由著名的兰登书屋出版的《苏菲的选择》成为美国当代小说的经典之作，被誉为"西方小说史上的里程碑作品"，为斯泰隆摘得了当年的美国国家图书奖。

　　马雅·安琪罗①曾作为《作家的梦》一书的受访对象，她说，"梦可以告诉人们各种各样的事情，可以解决人的疑惑。尤其是对于写作来说……大脑说：'好了，你去睡觉吧，我来接管一切。'在梦中，人们可以做事情、想事情、去不同的地方、作不同的反应。在真实世界中，人可能永远不会做这些事情……在西非有一个说法叫做'深度谈话'（deep talk），有些阅历的人经常会说一些名言警句，然后就会加上一句，'就当这是深度谈话。'意思是说……你可以继续深入其中，详加领悟。做梦可能就是一种深度谈话。"

　　对于我自己的回忆录《寻金》来说，也是这样。整本书和大部分章节都是我在一次梦中得来，当时我在纽约开一个作家会议，我毫不犹豫地就把它写了下来。我的梦境开启了一道门——一道小的缝隙——让我发现了某种潜藏得更深的东西，不仅关乎我的潜意识，也关乎更深的集体无意识。每一次，我都与那些流传数个世纪之久、来自不同文化的神话与传说一起，深化我的经验，丰富我的写作。

　　如果你静下来，慢慢回想你的梦境，哪一个会引起你的注意呢？先闭上眼睛，让你的思绪沉淀一会儿。哪个梦境想要被你忆起？一个你最近做的梦？还是一个很久之前的梦？把你想起的那个梦写下了。慢慢来，把自己交到梦的手中。

　　　　写下一个梦。限时十分钟。

---

　　①　马雅·安琪罗（Maya Angelou, 1928—　），美国文坛最耀眼的黑人女作家和诗人。因在克林顿的第一次就职典礼（1993）上朗诵自己所写的诗，提高了知名度。作品包括自传体小说《我知道笼中鸟为何唱歌》、6册回忆录《歌声飞入云霄》等。

与梦共事

马雅·安琪罗写过一个不断梦到的场景，梦中有一栋很高的建筑物正在施工，到处都是脚手架和台阶。她正从建筑里面往上爬，爬得飞快而且兴高采烈。她在梦中之所以高兴是因为这意味着她的工作正在节节攀升而且将越来越好。我也有一个不断梦到的梦，梦中有一个孩子，经常是一个婴儿，她需要被关心，而我总是忽略她。在梦中，我走回到孩子身旁，开始细心照料她。她冲着我笑，然后一切都不同了。当我醒来并把这个梦写下来，我备受鼓舞。那个孩子就是我的创造力本身，是我内在的孩子，现在，我需要对她持续关注。那个孩子仍然在那里，仍然富有生命力。

要与梦一起共事，第一步就是把它写下来。在床头放好纸笔，这样你即使在半夜醒来，也可以记下几个字。否则，梦就会退回到潜意识里，你将无法想起。第二步，注意自己对于梦的感受。这会牵扯出其他的感受和回忆。安琪罗在楼里爬得兴高采烈，是因为她以前曾经这样做过，而这预示着她即将成功。我一再梦到婴孩，之所以感到如释重负，是因为我知道新的创造力即将让我焕然一新。第三步，找出联系。这个梦发生在你生命的哪个阶段，现在还是过去？

接下来，在荣格研究者看来，你需要强化梦中的意象。如此你就进入了集体无意识——那里是神话、童话、传说和艺术的宝库——你将遵循你的意象进入更深的世界。你会在神话、童话和传说中找到你的意象的新共鸣，而这种新共鸣可以深化它的意味。当我想起我的那个梦中小女孩，可能还会想起灰姑娘的故事，我会想当灰姑娘不再饱受遗忘和苦难之后，她会怎样。或者我可能想起一段关于得墨忒耳和她的女儿珀耳塞福涅的神话①：当得墨忒耳最终发现女儿被普路托带到冥界之后会怎样，当谷物丰盈、万物繁荣之后又会怎样。

最后还有第五步，我把它称为注入生机。你需要为你的梦注入生机，赐予它们生命。一个梦就像一株植物。如果你把它从黑暗中、从泥土中拔出，暴露于太多的阳光下、太多的思索和阐释中，它就会枯竭而死。但是如果反过来深入它置身其中的黑暗，浇灌它的根系，它就会蓬勃生长。你要通过描绘、通过行动、通过书写来为你的梦注入生机。借由这种方式，你可以回到几个月前甚至几年前的梦中，在那里，它仍然是活生生的。

简要概括一下，这里列出了与梦共事所建议的五个步骤。

——回忆你的梦：写下来。

——你对于梦境的感受如何？

——你找到了哪种联系？

——通过深化梦境，你发现了什么？

——为了使梦境鲜活，你要用什么为它注入生机？

现在根据这五个步骤，将写作作为一种为你的梦注入生机的方式，可以回到你在第一个练习中写过的梦中。慢慢把它读一遍，然后找到那个能够引起你共鸣，唤起你注意力的意象（记住，意象是某个你能够描述的东西）。选定意象。如果你没能在梦中找到某个意

---

　　①　丰产、农林女神得墨忒耳（Demeter）系宙斯的第四任妻子，女儿珀耳塞福涅（Persephone）被冥王普路托（Pluto）劫持。普路托诱使珀耳塞福涅吃了地狱的石榴，以此胁迫其作冥后。由于珀耳塞福涅每年要在冥府滞留三个月（每个月代表其吃的一粒石榴籽），得墨忒耳无法与女儿相聚伤心欲绝，所以在这三个月里不赋予大地生机，即寒冬的三个月。当女儿在的九个月，大地获得得墨忒耳充满爱的春夏秋三季，生命在此期间得以繁衍生息。

象，那就闭上眼睛，做一会儿白日梦。脑海中跳出那个意象了吗？写下对于这个意象的描述（这个意象是你已经选中，或者刚刚做白日梦梦到的），让这个意象引领你到达该去的地方。

练习　在你的梦中找一个意象，然后描绘它。限时十分钟。

跟随意象

另一种令意象保鲜的方式是把它画下来。就像在学习日记写作的时候，将意象以曼陀罗的方式画下来一样，你也可以把来自梦中的意象以曼陀罗的方式画下来。第一课中我们讲过，曼陀罗这个词代表圆，是全体整一的一种符号。曼陀罗的重要之处在于，这是一个从中心不断向外延展遍及整个世界的过程，同时还要能从世界回到中心来。

宾根的赫德嘉，12世纪本笃会的女修道院院长，从8岁起就拥有一种能够看到幻象的独特能力。和所有人一样，她默默隐藏了这个天赋，直到42岁的时候得了一场重病，她仿佛听到一个声音的召唤："写下你看到和听到的东西吧！"于是赫德嘉开始书写和描绘自己所看到的幻象，其中许多都以曼陀罗的形式呈现。她使这些幻象围成一个圆场，代表整个宇宙，围绕水，围绕火，围绕空气。此后，她重拾健康，而且获得了一种崭新的能力——使她得以成为教师、治愈者和先知，正如我们今天所熟知和纪念的她的身份。

我在将梦中图景画成曼陀罗的时候，能够感到它照亮了我的世界，加深了我对于自身生活的理解。我试着不去思考，而是让我的手自如描绘。下图的例子来自我众多梦境之一，在那些梦中，我总是注意到这个被遗忘的孩子。梦是这样的："2004 年 5 月 16 日：我离开已经有一段时间了。梦里有一张婴儿床，而我需要照顾这个宝宝。她站在她的小床里。有时她看起来像是一岁大的露西（我最小的女儿）。她非常可爱。我意识到我没有花足够多的时间陪伴她，我决定不再这样下去了。她是一个如此柔软、可人的宝宝，而且好像认识我。我哄她睡觉，她偎在自己的小床里甜甜地笑着。"

我在日记里记下了这个梦，随后当我回看这段梦境的时候，我画了一幅以小婴儿为意象中心的曼陀罗。我看到她站在圆场的中央。她就是我的创造力本身。从这个中心出发，光芒向上方漫射。我绕着她用铅笔画了一个菱形——东、南、西、北。在曼陀罗的顶部，一半圆场浸在光芒之中。在底部，另一半陷在较深的灰暗中。这幅画再次确证了我的想法。我的创造力就在这里，在圆场的中心，不断向外散射而且升往光明之中。

象征我创造力的婴孩，贝尔维尤，2004 年

现在来画一幅曼陀罗。拿一张纸——只需要一小张，或更小，以便能把它夹进你的日记本中——画一个你觉得大小合适的圆。在中央再画一个圆。把你的意象放入这个小圆中，如果你愿意，让这个意象充满中心的圆，让你的想象力自由发挥。你的意象会将你引至何处呢？

　画一幅你梦中意象的曼陀罗。限时十分钟。

当你画完后，看一看自己画的曼陀罗。让视线从圆心开始，然后向外走，然后再回到圆心。这个过程要慢。给你的曼陀罗起一个名字。给它一个题目。正如之前提到过的，命名是很重要的。这也是创造力的一部分。回看你画的曼陀罗，这个题目自会发声。你会想起自己是在何时何地画下了它，并给它起了名字。不论你在物理上身处哪里，办公室也好，教室也好，关键是你的精神在哪里、你的灵魂在哪里。当你以这种方式审视的时候，曼陀罗就会成为你的灵魂地图，成为你的精神之旅路线图。

聆听意象

你已经跟随梦中意象，让其为你打开了潜意识之门。你已经将它画入了曼陀罗之中，现在，你应该与这个意象进行交流。这是保持梦境鲜活的要义。荣格称之为"主动想象"。首先，你要清空头脑中的杂念，然后运用想象将内在意象外化表达出来。可以说，这类似于白日梦。也就是像布伦达·尤兰在《如果你想写》中所称的那样，叫做"情绪漫游"。她认为想象力需要这种情绪漫游——耗时，低效，快乐闲逛，无所事事又拖拖拉拉。这些安静的观看和聆听将会带来深藏的想法和感觉。

接下来想象一场对话，一场发生在你与你的意象之间的对话。

你必须放松独处，安静地看，安静地想。对自己的意象讲话。为什么它今天找上了你？它想要对你说什么？写一段对话。从你开始向自己的意象发问开始，问问它为何今天来到你的面前。也许第一句是这样的："你想要什么？"然后悉心静听，让你的意象自己作出回答。"我想要……"花一点时间来想象你们之间的对话，并以对白的形式写下这些问题和回答。

写一段与你的意象展开的对话。限时十分钟。

将意象生成的故事诉诸写作

从梦中意象得来的故事可以应用于各种类型的写作。这里有一篇罗伯特·维维安写的散文，其中包含一个十分生动的梦。在这篇《光芒呼唤更多的光芒》中（发表于《第四种类型》杂志，2000 年春季号），维维安写了如何收集光芒的碎片以对抗世界的黑暗。他收集这些碎片，然后放入一个小院那么大的大包裹中，到了夜间他进入睡眠之后，这个大包裹又塌缩成了一个小手袋。为了深化他的主题，维维安还写到了一个梦，在梦里他乘着海鸥的翅膀飞到了光芒的边缘，并化为了那一羽透明的翅膀。

选自《光芒呼唤更多的光芒》

在梦里，有一次我看到了海鸥的翅膀抵着阳光。它冲着我鸣叫，也许它并没有冲着任何人。当海鸥飞过，飞向那光的边缘时，我突然发现自己与它在一起，在这只鸟的翅膀上，手中握着（那只手袋的）收口线，抵抗着即将扑来的火焰。不住盘旋的飞鸟似乎在试着向我传递什么讯息……

谁会否认梦中的那些光芒呢？如果不是太阳的反射或是其他某种发光的东西，那么它们是什么呢？我们并不是自己所以为的自己，肉身和骨骼毋宁说是一种桎梏。我们是海鸥透明的翅膀，是飞鸟闪亮的羽毛上变换的色彩。

光芒会呼唤更多的光芒，阳光照耀下的石头也散发光彩，我们闭上眼睛朝向太阳或所有其他的发光体，让不那么耀眼的光芒照射进来，一一聚拢，在太过明艳的时候再将它们遣散，收放自如。

维维安的梦带着读者像海鸥一样在天空盘旋，与作者一起，收集光芒的碎片，再将它们逐一散去。光芒呼唤了更多的光芒，分享碎片，当太过明艳，便将其遣散。

这个梦同样可以写成一则日记的开头。艾丽斯·沃克在她的散文集《字间生活》一书中描绘了一个美丽的梦。她梦到自己和兰斯顿·休斯[1]谈笑风生，拥吻在一段"无止境的温柔时光"中。当她在一个下着雨的早晨醒来，发现这只不过是一个梦时，她禁不住哭了。但是梦境仍然真切，而且抚慰着她。梦给了她和兰斯顿得以在一起的机会。

从许多层面来说，梦都可以写成短篇小说。布拉迪·尤德尔承认自己刊载于《故事》杂志的小说《假发》就是来源于一场梦境中

---

[1]　兰斯顿·休斯（Langston Hughes，1902—1967），美国黑人诗人、社会运动人士、小说家和剧作家。

的意象。他在某天早上醒来，脑海中留下了这样一个意象：一个小男孩坐在桌边，戴着一顶假发，他的父亲对此焦躁发狂。他于是问了问自己为什么这个父亲会如此狂躁，而问题的答案很快就出来了。他立即回到桌前写下了这个故事，原来父亲看到儿子顶着一丛金色的假发，这使小男孩看起来非常像他自己那刚刚去世的母亲。

由梦中意象生成的故事有时也能在回忆录或小说的创作过程中派上用场。想一想翁达杰在他的回忆录《诗人还乡》中如何从那个目睹父亲被一群狂叫的狗团团围住的梦开始，写到了炎热的丛林夜晚。想一想斯泰隆的小说《苏菲的选择》如何从一个女人走入纽约城的一座房屋这个梦中意象开始，下笔万言。

意象也可能被写成诗的形式。我们会在第八课详细讨论诗歌。现在暂时记住，不论对于诗歌还是散文，许多写作技巧的运用都是相同的。在《作家的梦》一书中，雷诺兹·普赖斯①谈到过，他的许多诗都直接来源于梦境。在他醒来的片刻，他会坐起来，然后把梦境直接写成诗——《一座房子的梦》、《关于食物的梦》、《关于李的梦》。

 根据你的意象写一个故事，写成什么样都可以。限时十分钟。然后为其起一个恰当的名字。

你需要做到无论什么时候回忆起一个梦都要坚持把它写下来，将你的梦保持在想象力中，找到那个主动与你交流的意象。现在，在脑海中回味这个意象。审视它。将其画入一幅曼陀罗中。聆听与意象的对话。然后将其写成一个故事。让你的梦境带领你进入更深

---

① 雷诺兹·普赖斯（Reynolds Price，1933—2011），美国小说家、诗人、戏剧家和散文家，杜克大学教授，曾为美国国家艺术和文学院成员。

层次的写作，无论你正在写哪种文体的作品。无论你是一个小说家、散文家、诗人还是剧作家，让你的梦为你打开更加丰富的创造力之门。

※　※　※

在这一课中，你做了五个练习：写下一个梦，描绘一个梦中意象，将其画入一幅曼陀罗，与之对话，以及将其写成一篇作品。每个练习可以在十分钟之内很快完成。如果你希望在为期一个月的时间内做完练习，第二和第三个练习最好一起完成。最后一个练习可以花费更多时间。

※　※　※

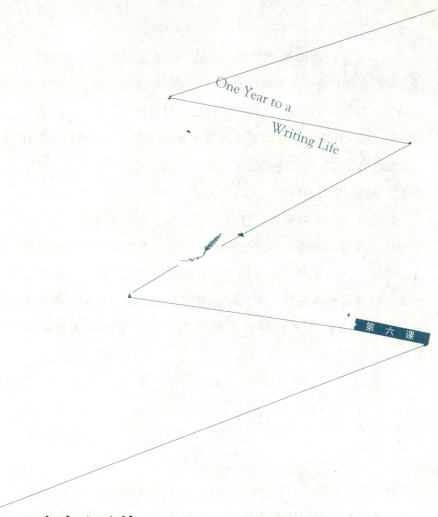

One Year to a

Writing Life

对白写作

　　告别了上一课的梦境写作，我们来到了更需要精心架构的一课。写好对白无论对于哪种文体——小说、非虚构作品、诗歌或是戏剧——都是看似容易，实则需要勤加练习的技巧。这是一种真正的技巧。作为作家，你必须聆听周遭世界的真实声音，同时要靠自己想象对白。你必须懂得"融为一体"，就像安娜·拉莫特在《循序渐进作家路》中写的那样。

　　好的对白会吸引读者，打开一个空间，让读者踏入纸页中，慢慢地沁入每个对话人物的想法中。相反，糟糕的对白会阻碍读者。通常，这都是因为作者只是简单地挪用真实对话，而没有考虑其中的节奏和流畅性。你如何能够组织出好的对白呢？本课将考察对白的不同要素，讲解经典案例，并引导你写出自己的对白。

对白简介

　　对白看起来简单，但它是一名写手成长为大师所需要掌握的最难的一种技巧。貌似你需要做的只是去听来人们的谈话，然后把它们写下来。但是对白并不仅仅是交谈。这个词的词源告诉我们：对白是一种有意义的思想的有效交流，而不仅仅是交谈。不妨想一想柏拉图的《对话集》。这些谈话被苏格拉底的学生柏拉图以一种非常戏剧式的架构组织起来，以显示他的老师的思想、趣味和个性。

　　下面是一段选自《美诺篇》的对话，苏格拉底在质询美诺关于他家奴隶的问题。

选自《美诺篇》①

苏格拉底：你以为如何，美诺？他是不是提出了一个原来不属于他的答案？

美诺：不是，这是他自己的想法。

苏格拉底：可是我们不久前还说过他不知道的。

美诺：确实是这样。

苏格拉底：那他心里原来就有这些见解，还是没有？

美诺：有。

苏格拉底：……有人教过他这种知识吗？这一点你应该知道得很详细，因为就像你说的，他是在你家里出生和养大的。

美诺：我肯定从来没有谁教过他。

苏格拉底：可他不是有这种知识吗？

美诺：苏格拉底，这是我们都不可否认的事实。

苏格拉底将对话作为一种传授知识的方式。读者很容易跟上这种思想交换的过程。你会想知道苏格拉底接着要问什么。美诺家的奴隶是怎样习得这些知识的？顺应我们这一课的思路，柏拉图的例子正好印证了对白并不仅仅是聊天，而是有意义的思想进行交换的过程。

虚构作品中的对白

对白是虚构作品的三座基石中的一座。约翰·加德纳在《小说

---

① 部分参照了商务印书馆 2004 年版《柏拉图对话集》王太庆先生的译本。

的艺术》中写道，每个故事都由三个单元组成：一组描写，一组对白，以及一个行动。所以这三座基石就是：描写、对白和行动。正是这一组对白令人物栩栩如生，令场景生动，使故事显得更具戏剧性，就像舞台上展示的一样。

海明威是写对白的大师，短篇小说《沧海之变》通篇由对白组成，全部由第三人称的客观视角出发。这个故事讲述了一个女人即将离开一个与其共同生活的男子。海明威的用词恰到好处。读者读罢，会为男主人公和女主人公同时感到心碎。以下是这个故事的开头部分，也是这篇短篇小说的前三分之一。

摘自《沧海之变》

"说吧，"男人说，"究竟怎么回事？"

"没什么，"女孩说，"我说不出口。"

"你的意思是你不想说。"

"我不能说，"女孩说，"这就是我的意思。"

"你的意思是你不想说。"

"好吧，"女孩说，"随便你怎么想吧。"

"我不知道我能怎么想。我真希望上帝告诉我该怎么想。"

"你老是这样。"女孩说。

天还很早，除了店员，咖啡店里没有别人，只有他们两个对坐在角落里的一张桌子旁。时值夏末，两人都晒黑了，显得与巴黎格格不入。女孩穿着花呢套装，她光洁的皮肤呈古铜色，剪短了的金色刘海漂亮极了。男人看着她。

"我要杀了她，"他说。

"请别那么说，"女孩说。她长着一双非常精致的手，男人看着它们。这双手又细又滑，非常动人。

"我肯定会的。我发誓我会杀了她。"

"那不会让你快乐的。"

"难道你就不能换个事情吗？难道你就不能搞点别的什么吗？"

"恐怕不能，"女孩说，"你打算怎么办？"

"我已经告诉你了。"

"哦不，我是说真的。"

"我不知道，"他说。她看着他，伸出了手。

"可怜的菲尔，"她说。他盯着她的手，但是并没有上前握住它们。

通过精心组织的直接对话，海明威让读者，也就是你，现场聆听了这场私密的对话，仿佛你就与这一男一女坐在同一张桌子旁，毫无距离。对话在推挡中进行，每一句话都是一次推挡，这种交替中存在着一种韵律结构。他们说的话揭示了他们的性格，增加了紧张感，制造了情绪氛围。那些没有说出口的话也有同样的效果。"我要杀了她。"海明威需要明确那个代词么？他需要解释（或者告诉）读者，这个女人要离开自己的丈夫与另一个女人生活在一起吗？不需要。读者自会明白。通过肢体语言和停顿展示出来的这种潜台词往往比直接说出来的话更有效果。我们读到这个男人的目光经常会落在女人的手上。我们也读到了她将手伸向了男子。然后我们发现，他并没有去碰那双手。我们想让男子握住女人的手，但是他没有。肢体语言是从现实世界的对话中产生的，可以起到深化直接对白的作用。

来看看海明威是怎样赋予人物性格的。"说吧，"男人说，"究竟怎么回事？""没什么，"女孩说。对话继续，但是不再出现"男人说"、"女孩说"这几个字。首先一点，直接用动词短语"他说"要好过一些更复杂的说法——比如"他满意地说"或者"他解释道"。这些复杂的说法本身会分散读者的注意力，从而影响对话的流畅性。第二点是，一旦对话已经表明是谁在说话，就不用再重复"他说"和"她说"。词句本身的选择就会显示出是谁在说话。每个人物说的话都会使用不同的句法，甚至不同的词汇。

现在我们来看崔西·雪弗兰的小说《戴珍珠耳环的少女》中的开篇场景。开篇第一页基本上都是场景描写，伴随着维米尔[①]和妻子的到来，他们开始观察这个即将成为他们女仆的年轻女孩，文字叙述互相交织在一起。第二页出现了一段非常短的对话，"这么说这就是那个女孩了，"维米尔的妻子突然说道。就是这短短几个字，读者会预感到维米尔的妻子即将陷入麻烦之中。在维米尔和年轻女孩格雷特之间发生精彩的对话之后，这个麻烦很快就会到来。同时通过这场对话，作者写出了维米尔是怎样在格雷特切蔬菜做汤的时候，对她产生了浓厚的兴趣。在下面的节选片段中，要十分留意那些直接说出来的对白，那些未说出的部分、肢体语言、旁白、停顿也非常重要。

摘自《戴珍珠耳环的少女》

"你在忙什么呢，格雷特？"他问道。

我被这一问吓了一跳，但是没有表现出来。"我在切菜，先生。切做汤用的菜。"

我总是把菜摆成一个圆形，摆得就像一层层的饼。这

---

① 约翰内斯·维米尔（Johannes Vermeer，1632—1675），画家，荷兰黄金时代巨匠，1665 年创作了世界名画《戴珍珠耳环的少女》。

次摆了五层：紫甘蓝一层，洋葱一层，韭菜一层，胡萝卜一层，再加青萝卜一层。我习惯用刀背把每层都捋好，再把胡萝卜那一层摆在中间。

那个男人一边在桌上敲着手指，"它们现在的顺序是下到汤里的顺序吗？"他问，一边研究着这些圆圈。

"不是的，先生。"我犹犹豫豫地说。因为我也说不出为什么要把蔬菜摆成这样。我只是把它们摆成我认为合适的样子，但是我怕极了，以至于不能对这位男士说出我的理由。

"我看到你把白色的间隔开了，"他说，指的是青萝卜和洋葱。"而且紫色的和橘黄色的也没有放在一起，为什么要这样？"他拿起一片紫甘蓝和一片胡萝卜，在手里像摇骰子一样摇着它们。

我往边上看了一眼我的妈妈，她轻轻点了一下头。

"这两个颜色放在一起太跳了，先生。"

他扬了一下眉毛，似乎没有想到会得到这个回答。"那么你做汤之前会不会花很多时间来摆这些蔬菜呢？"

"哦不会的，先生，"我回答，有点不知所措。我可不想让他认为我在磨洋工。

读者融入了场景中。在厨房里，我们听到了发生在主人维米尔和恭顺机灵的格雷特之间的对话，同时，也见证了他们之间微妙情绪的产生。在一页的对白之内，描写的虚实和交流的恳切都为整篇小说奠定了基调。

这篇节选对以下三种类型的对白来说都是极好的例子：直接对白、间接对白和潜在对白。

——直接对白：两个或两个以上人物一起说话，一个直接对另一个说。这种对话需要加引号。"你在忙什么呢，格雷特?"男人问道。"我在切菜，先生。切做汤用的菜。"在维米尔和格雷特之间持续的直接对白中，还掺杂着一些间接对白和潜在对白。

——间接对白：通常是人物自说自话或者说一些不重要的话。这种情况不需要加引号，除非人物在强调什么。比如格雷特这些没说出来的话，"我被这一问吓了一跳，但是没有表现出来。"再比如，"我也说不出为什么要把蔬菜摆成这样。"——多使用间接对白，可以让读者很快掌握信息，而且加强语气。

——潜在对白：这包含对白中的所有其他东西。肢体语言，迟疑，重复，眼神，旁白，以及未被说出口的话。这就是潜台词，在表达出的台词下流动，通常比说出口的话还要有力量。维米尔在桌子上敲手指，像摇骰子一样摇紫甘蓝和胡萝卜，扬眉毛，每一个肢体动作都引起了格雷特的注意，同时也引起了读者的注意。他有话要说，请仔细听。

非虚构作品中的对白

严格地说，在非虚构作品中，对白并不是作品结构的必要部件之一，这一点与虚构作品是不同的。非虚构作品有时是松散的，没有对白；有时是场景化的，有对白。就像我在第二课中提到的，美国国家艺术基金会在 20 世纪 70 年代早期之所以特别定义了非虚构创作这个术语，是因为非虚构作家们开始使用虚构作品的技法来提高他们的写作技巧。同样，运用对白也是使故事更具戏剧性的一种方法。在非虚构作品中加入对白的作者应该知道，他们不可以凭空创造某些没有发生过的对话。

回想一下弗兰克·迈考特在《安吉拉的骨灰》中是如何运用对白的，或者想想马雅·安琪罗的《我知道笼中鸟为何唱歌》。这两部回忆录都是通过回忆短对话而显得生动鲜活的。随后它们才进行情节推进，揭示人物，让读者融入故事。贯穿两部回忆录，叙述者的叙述方式都经过了精心设计。

下面的例子节选自詹姆斯·麦克布莱德的回忆录《水的颜色》。在这篇一个黑人献给其白人母亲的作品中，麦克布莱德呈现了两个故事，一个是母亲的，一个是儿子的，由此他同时探究了家庭和自我的意义。在这段节选中，麦克布莱德还是一个小男孩，在和妈妈从教堂回家的路上，试着理解妈妈为何在做礼拜的时候哭了，也许这与她是白人有关，也许上帝没有那么喜欢白人，而是更喜欢黑人。看看麦克布莱德是如何运用对白的。

选自《水的颜色》第六章《新约》

"你在教堂的时候怎么哭了？"我在做完礼拜的一个下午问妈妈。

"因为上帝使我感到幸福。"

"那为什么哭？"

"我哭是因为我感到幸福。这有什么不对吗？"

"没有，"我说，但事实上，幸福的人是不会像她那样哭的。妈妈的眼泪就像从某处涌来，从一个很远的地方，从她内心深处，从没有让我们这些孩子触碰过的地方，甚至我作为一个男孩，都感到了那背后的伤悲。我认为那是因为她想成为一个和教堂里的每个人都一样的黑人，因为没准上帝更喜欢黑人。于是那个下午，在从教堂回家的路上，我问她上帝究竟是黑人还是白人。

一声沉重的叹息。"哦孩子……上帝不是黑人。他也不是白人。他是一种精神。"

"那黑人和白人他更喜欢谁?"

"他爱所有的人。他是一种精神。"

"什么是精神?"

"精神就是精神。"

"那上帝的精神是什么颜色的?"

"没有颜色,"她说,"上帝是水的颜色。水是没有颜色的。"

我们在一段直接对白的寥寥数语中就了解了上帝和宗教的真意。紧跟着直接对白的回答,麦克布莱德也写了间接对白,"我问她上帝究竟是黑人还是白人。"同时,在母亲的每一个形而上的答案之后,潜在对白都在未直接写明的沉默中得到了表达,还有那声沉重的叹息。在母亲叹气的时候,作为读者的你知道了她清楚儿子所问问题的深度。在一声叹息之后,她回答说,"哦孩子……上帝不是黑人。"又一次,麦克布莱德用省略号代表了潜在对白。母亲的回答出现了一个停顿。读者也因此停顿了一下。母亲将要试着诚实地回答这个问题。而读者也将读到一个过目难忘的答案:上帝是水的颜色。

精彩对白的元素

一段简练精彩的对白通常可以同时起到揭示人物和推进情节的

作用。在《戴珍珠耳环的少女》的节选片段中，这两点展示得完美无缺，读者抓住了维米尔和年轻女孩两个人的人物性格，同时体会了他们之间产生的微妙关系。同样，《水的颜色》中的对白也让读者既感受到了儿子的困惑和母亲的耐心，也让读者期待伴随着这个年轻男孩对母亲的越发崇敬，故事会如何发展。第三点要说的是，精彩的对白可以使读者融入场景中，写出彼此遭遇中的氛围感。在小说《沧海之变》的开头部分以及其他两段对白中，你都能够身临其境，感受到精心架构出的对白中的情绪波动。你会被这种亲昵的交流感动。

在你自己动笔写作的时候，要记住精彩对白的三个功能：

——揭示人物（由于对白是描写人物之间发生了什么，所以它可以揭示对话中的每一个人物）

——推进情节（由于对白是一种有意义、连贯性的思想交流，所以它可以引起进一步的行动，并深化主题）

——语气情境（通过描写场景真实发生的时间和亲密感，使读者身临其境）

下面以一首诗作为最后一个例子，说明对白是如何在诗歌中得到有效运用的。《阳光咖啡馆的咖啡》是短篇小说家和诗人阿利斯泰尔·斯科特的作品，首次发表于《支流第五集，日内瓦作品》。

《阳光咖啡馆的咖啡》
对话盘根错节，
我的奶咖啡中腾起热气
芬芳的只言片语，
一串笑声，
"什么呀，不是吧……"

一个女人独坐，

喝咖啡。她的打火机点不着

手上没有戒指。两个老相识，

急忙上来帮忙，想起来

昨晚熄灭的火柴。

他们的茨冈卷烟缭绕起烟雾。

"马赫塞尔！"

服务生一阵风似地穿梭

在各桌间，提供笑话和啤酒

没人过来理睬，在门口，

一个男人正在抖落衣袖上的雨水，

对着手机讲话。

说得很大声。语速很快。

"卖出！卖出！

现在就卖……"

他的话掷地有声。刻不容缓。

我一口喝干咖啡

看着外面

雨滴斑驳在透明玻璃窗上

教堂钟楼的钟面变了形

它所标示的时间已经失真

这么说我有时间

再点一杯咖啡。

"马赫塞尔！"

这首诗里的对白使读者进入了咖啡馆的场景，与诗人一起坐在了桌前。来看一下这些对话是如何起到上述三个功能的：

——揭示人物：叙述者选取了零星几个词来描述他坐在咖啡馆里的感受。他惯用只言片语，令人期待展开的故事，甚至一些半真半假的陈述。然后是，"卖出！卖出！现在就卖……"他无意中听到一些紧迫的事——这是一个卖出的好时机——然后他的注意力又转回了他的咖啡。

——推进情节：诗的每一节互相支撑，通过直接说出的对白推进。服务生的名字被重复叫着，"马赫塞尔！""马赫塞尔！"的叫声盖过了咖啡馆的喧闹，将你带入了现场。

——语气情境：通过在诗中加入对白，斯科特创造了咖啡馆情境的氛围。同时，他让读者感受到了叙述者的情绪。

精彩对白写作技巧

在你开始写作对白之前，这里有一些实用建议：

——聆听你周围的对话（电梯里，餐厅内，公交车上，电影里，电视上，等等）。练习去听对话的陈述方式、语气和语调。把你听到的一些对话记在日记里。

——关注你所读的任何一种体裁作品中的对白部分。哪些是有效的？哪些是无效的？通过观察其他作家如何运用对白而学习。

——让你的对白听起来自然。要直接，掷地有声，就像在剧本里一样，对白要针锋相对。避免写过长的对白。

——注意节奏。检查一下陈述方式，词句的长度。想一想如何停顿和重复。

——把对白大声读出来，直到它听上去确实像从那个人物嘴里说出来的。让每个人的声音都易于识别。这样读者就可以从每个人物的抑扬顿挫、选词和说话节奏判断出是谁在说话。

另外，不要忽视间接对白。间接对白通常起到引出、深化和补充直接对白的作用。同样要关注那些未说出口的东西。这种潜台词，即潜在对白是对已经说出的对白的延伸。总之，练习是首要的。写一些短对白，和朋友们一起读出来。把这些对白当作剧本排演，就相当于在台上演出一样。

对白写作

针对这个练习，我建议你想象一个迷你小故事，虚构或非虚构都可以，大部分由对白构成。首先找到一个强烈想要某样东西的人物。比如一个想要父母停止吵架的孩子，一个想要结束一段关系以便和另一个人开始新生活的成人，一个想让子女多回来看看的老人，总之是一个有着强烈愿望的人。回想一个举过的例子：海明威的故事中，那个男人想让女孩留下来。麦克布莱德的故事中，男孩想要弄明白他的母亲为何哭泣。如果是一个想象中的人物，那么对白就是虚构的。如果是一个记忆中的人物，或者就是写你自己，那么你可以选择写虚构的对白，也可以选择写非虚构的对白。

为你的主人公写一小段人物概述。限时五分钟。

一旦选定了一个人物，就要着手寻找第二个与之对话的人物。第二个人物要与主人公形成对立，就像海明威和麦克布莱德笔下的故事一样。你要问一问自己，是什么原因使主人公如此行事。一段对白就是两个人物间有意义的思想交流。谁是这第二个人物？你必须要理解他。

 为你的第二个人物写一小段人物概述，作为对手出现。限时五分钟。

现在来设计相互对抗的场景。几句话就可以描绘出对白发生的地点——要用若干细节显示出场景的特色。在写对白的时候可能不需要这些，但是作为作家，你本人要知道这个场景设定，这是非常重要的。接下来，介绍你的人物出场。同样，在几句话之内，用一两个小细节，给出你的人物概况。

 设定场景，引出人物。限时五分钟。

想一想你的主要人物在这次相遇中想要得到什么。会取得进展还是将遭遇退步？当然不管发生什么，你的主要人物都必须贯穿到最后。对白最终会引出某种程度的问题解决。想象一场对峙。开始写一段对白，慢慢来，让对白揭示出你的两个人物，其中包括潜在对白、肢体语言和停顿。

 写一段对白。限时十分钟。

停下来读一读你刚刚写的内容。回想一下对白的三个目的：揭示人物，推进情节，增强语气情境。是不是每个人物都有独特的说话方式，可以揭示其性格？故事有所推进吗？对白增进了语气情境，为这场遭遇制造了氛围吗？最后，主要人物是否经历了转变，获得了新知？现在重写一遍这段对白，记住这是一个迷你小故事，要有完整的开头、中间和结尾。

练习 重写你的对白，记住这是一个迷你小故事。等写完的时候，再花一点时间为它起一个题目。命名是一种尊重，并且可以避免你轻视自己的作品。

在本课的开头，我们将对白定义为"一种有意义的思想的有效交流"。这也是你所写的短对白的目标所在。如果你写的人物有能力执著于自己的欲望——即使以最不起眼的方式——这段对白也是充满意义的。

现在来做最后一个练习，这是一个既有趣又十分有效的练习。和另一位写手分享你的对白，不管是与工作室的同仁，还是一位你的写作伙伴。选择你们两个要扮演的角色，然后大声读出来。这也可以说是一种剧本写作练习。正如之前提到过的，精彩的对白一句句掷地有声，针锋相对。建议你们站着读对白，这样会听得更加清楚。要相互鼓励。想象自己站在台上。在我教授对白写作并且让大家做这个练习的时候，我经常会问有没有人愿意来读一下。这时就会有人站出来，走到观众面前。要知道读这些小剧本的效果奇佳，往往会赢得掌声一片！

练习 将你写的对白分享给其他写手；大声读出来。限时十分钟。

※ ※ ※

这一课包含了三个五分钟的练习以及三个长一点的十分钟练习。

你可以按照顺序一个接一个地做。如果你希望多花一些时间做练习，那么在学习这一课的一个月中，你可以花第一周先做前三个短练习（两个写人物概述和一个写场景设定），然后用剩下的三个星期每周做一个长练习（写对白，重写，分享）。

※ ※ ※

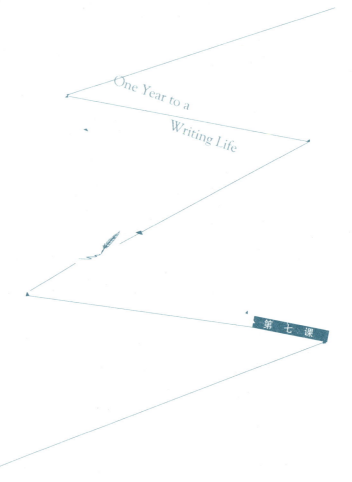

One Year to a
Writing Life

故事：传说、童话和当代寓言

民间故事——或者民间传说——同样生动迷人。当我发现自己被淘气的外孙们团团围住的时候，就会提出给他们讲一个故事，开口说："很久很久以前，有一个……"孩子们立即安静下来，乖乖坐在地板上，把手放好，竖着耳朵聆听，一幅着迷的样子。在这一课中，我们要综合以前学过的课程；把写作短篇小说、探索梦境和写作对白的技巧都用上，然后开始写故事传说。

故事传说和那个经典的"很久很久以前……"对各个年龄层的人都有莫大的吸引力。故事本身带有一种令我们惊奇的力量，那是我们的根本。它能浸入我们的潜意识，从我们原始的记忆中召唤出古老的原型要素，这些要素能够触动我们的情感，点燃我们的想象力。听者会感到故事正一步步走来。王子能找到公主吗？孩子们找得到回家的路吗？或者女巫会把他们扔进炉子吗？青蛙会取回金球吗？

每个人都有自己通过口口相传留存下来的英雄传说和奇幻故事，由于容易理解和便于记忆，这些故事最后变成了传说和童话。我们从自己的父母以及祖辈那里继承了这些故事，我们的祖先最早是围坐在火堆旁，分享着他们的传说的。我们所要打开的，正是这个不断延续的无尽的宝库。

术 语 定 义

这座宝库中的内容更应该称为民间传说，事实上，直到 17 世纪，"童话"这个词才被承认。在《韦氏大词典》中，童话被定义为对冒险经历的叙述，包含不可思议的力量和生命（比如仙女、巫师和小妖精）。在《永恒之后：童话和后半部生活》中，阿兰·B·钦南将童话定义为"一种民间传说，通常以大团圆为结尾，在其中人类被置于一种不寻常的境遇中，在道德困境中挣扎"。民间传说是那些全世界人民都感兴趣的传统故事；也正因为如此，同一个故事在世界各地都可以找到。

深入到心理层面，童话被视为人类探求更多觉知的一种手段。它们以故事的形式显示了人类对更深层自我意识的追求。你聆听童话，正如你聆听自己的梦境。你与这些故事为伍，延展它们的主题，进入它们的内核，并且扮演它们中的人物。在《小红帽》中，你就是那个提着篮子去看望奶奶的小女孩，不听妈妈的话，离开大路，进入了树林。每一个故事都是人类现实的一种反射，这种现实在我们的生命中不断重演。

这些现实超越了时空和文化，它们无时不在、无处不在。这显示了民间传说和神话的关键不同。神话与各自文化相连，它包含某些特定的文化附加物。比如在希腊神话中，宙斯、阿波罗和雅典娜不仅是希腊神话故事中的人物，也是希腊人崇拜的各种神和女神。想一想雅典帕特农神庙前巨大的雅典娜雕像，就是这个道理。

另外，寓言故事也不同于童话。寓言是一种传统的短故事，包含一种道德的拟人化。虽说传统，但也有例外。伊塔洛·卡尔维诺的《瞧这一群人》以一群人为人物对象，同样还有爱德华多·加里亚诺的《皈依之书》、詹姆斯·瑟伯的《当代寓言集》，以及乔治·奥威尔的《动物农场》。

当然，定义是不断修正的。C.S. 刘易斯[①]的《纳尼亚传奇——

---

① C.S. 刘易斯（Clive Staples Lewis，1898—1963），英国作家、学者，毕业和任教于牛津大学。作为文学批评家、奇幻小说及儿童文学作家、基督教神学家和宣道者，他的著作包括诗集、小说、童话、文学评论，以及阐明基督教精义的作品，共 50 余部。

狮子、女巫和魔衣橱》为何被视为经典呢？在他的献词中，刘易斯称这是一部童话。

亲爱的露西：

　　我的这个故事是为你而写，但是当我开始写的时候才意识到，女孩们长得比书快多了。结果就是童话对于你来说已经不合适了，等到这本书印装好的时候，你就更大了。但是终归有那么一天，你会成熟到可以重新阅读童话。那时你就可以从书架高处取下这本书，掸掉上面的尘土，然后告诉我你的读后感。也许那时我已经耳聋，听不到你的评论，或者已经衰老，不能理解你说的话，但是我仍然会在那里。

　　　　　　　　　　　　——爱你的教父，C. S. 刘易斯

然而，他的故事在今天仍被视为一个寓言，因为它包含基督教的冲突，狮子阿斯兰就是耶稣的形象。它被视为寓言故事的另一个原因是，动物会开口说话，同时有道德教化的内容。这都丰富了相关术语的定义。

童话的历史渊源

一些学者认为公元 2 世纪阿普列乌斯①的《丘比特和赛琪》是最

①　阿普列乌斯（Apuleius，125—180），拉丁诗人，罗马哲学家及讽刺作家，其最著名的作品是《金驴记》。

早的文学童话。我们来简要回顾一下童话的历史。公元 4 世纪印度的《五卷书》① 是一部寓言合集，其中有多篇都被视作是欧洲童话的原型。"灰姑娘"的第一个版本出现于公元 9 世纪的中国。到了 16 世纪，《一千零一夜》开始成书，这是一系列来自阿拉伯、波斯、印度和埃及的故事传说。

到 17 世纪，童话开始被所有年龄段的人所喜爱，尤其是社会大众。老人记忆中的神话和传说融入到他们的日常语言中。这些故事与当地传说、家族变故和他们梦想的故事相关。再之后，"童话"作为一种特定术语被接受，部分原因可能是当时流行的故事都是由法国沙龙上的女士们写出来的，并被称作"仙女故事"。一旦归为童话，这些故事就会当成是给小孩子写的。

1697 年，夏尔·佩罗②的作品《鹅妈妈的故事》出版，收录了《灰姑娘》、《小红帽》、《蓝胡子》等童话名篇。1819 年，雅各布·格林和威廉·格林兄弟③在更大型的故事集《德国儿童与家庭童话集》中不仅囊括了以上故事，还包括了《韩塞尔与葛雷特》（别名《糖果屋历险记》）、《白雪公主》和《纺线姑娘》。许多相同的童话都在两部作品中同时出现。《格林童话》的巨大成功使得人们开始重新回看佩罗的作品，也引起大家对于民族童话选集的重视。

---

① 《五卷书》（*Panchatantra*）：古印度故事集。用梵文写成，因有 5 卷而得名。现在流行有各种版本，最早的可能产生于公元前 1 世纪。

② 夏尔·佩罗（Charles Perrault，1628—1703），法国作家。1697 年在巴黎以小儿子的名义出版了《鹅妈妈的故事》，收录了 8 篇童话和 3 篇童话诗。故事多取材于法国和欧洲的民间传说，但佩罗并没有停留于简单的收集整理，而是在改写中进行了补充和发挥，通过文学再创作，得以使这样一部小小的童话集为他永久留名。

③ 格林兄弟分别于 1785 年 1 月 4 日和 1786 年 2 月 24 日出生于莱茵河畔的哈瑙，兄弟俩是德国语言学的奠基人。他们于 1806 年开始搜集、整理民间童话和古老传说，并于 1814、1815、1822 年陆续出版了 3 卷本的《德国儿童与家庭童话集》，在全世界享有盛名，通称《格林童话》。

19 世纪早期，仍然是在欧洲，汉斯·克里斯蒂安·安徒生①创作了《丑小鸭》、《卖火柴的小姑娘》、《皇帝的新衣》以及其他许多作品。同一时期，华盛顿·欧文②出版了第一部美国故事集——短篇小说《瑞普·凡·温克尔》（取材于格林兄弟的童话作品《卡尔·卡茨》)，以及 1820 年的作品《睡谷传奇》。

进入 20 世纪，沃尔特·迪士尼于 1937 年首次改编了童话《白雪公主与七个小矮人》。同一年，J. R. R. 托尔金③出版了《霍比特人》，十年之后《魔戒》系列诞生。安妮·塞克斯顿④和安吉拉·卡特⑤继续发扬了这种以童话为主题的故事和诗歌选集。再之后，J. K. 罗琳于 1997 年创作了《哈利·波特》。时至今日，《哈利·波特》系列已经售出几亿册。这些故事仍然源源不断地滋养着我们的想象力。

童话的结构

童话包含故事的三个基本组成部分，我们在第四课讨论过这三个部分：

---

①　汉斯·克里斯蒂安·安徒生（Hans Christian Andersen，1805—1875），丹麦作家、诗人，共写了 168 篇童话和故事，作品译为 150 多种语言，被尊为现代童话之父。

②　华盛顿·欧文（Washington Irving，1783—1859），19 世纪美国最著名的作家，被誉为美国文学之父。代表作品有《纽约外史》、《见闻札记》等。作品《瑞普·凡·温克尔》中的主人公，在山中一觉睡了 20 年，醒来发现一切面目全非。

③　J. R. R. 托尔金（J. R. R. Tolkien，1892—1973），英国语言学家、作家。

④　安妮·塞克斯顿（Anne Sexton，1928—1974），美国著名女诗人。1967 年因诗集《生或死》获得普利策奖。她是现代妇女解放运动的先驱之一，美国著名自白派诗人。1974 年自杀身亡。

⑤　安吉拉·卡特（Angela Carter，1940—1992），英国小说家、记者。2008 年《时代》杂志评选 1945 年以来英国最伟大 50 位作家，获第十名，有"说故事女巫"的称号。

——开头，人物遇到某件事情，产生了一种需求或欲望。

——中间，人物在寻求满足自己的需要时，遇到了对手；困难随之而来。

——结尾，人物有所触动，问题得到解决（或者转变）。

下面《三片羽毛》的例子选自《格林童话》，我给我的外孙们讲过这个故事。记住，每个故事都有不同的版本，这要取决于讲故事者以及听众是谁。

《三片羽毛》[①]

从前有个国王，他有三个儿子。老大和老二聪明伶俐，小儿子却头脑简单，不爱说话，人们管他叫"小傻瓜"。国王年纪大了，身体虚弱，想到身后之事，觉得难以确定究竟由哪个儿子来继承王位。于是他把三个儿子找来对他们说："你们到外面的世界去，谁带回来的地毯最漂亮，谁就能继承王位。"为了防止彼此争吵，他将儿子们领到外面，对着三片羽毛吹了一口气，说："你们分头跟着羽毛所指的方向去寻找吧。"

三片羽毛一片朝东，一片朝西，第三片直着朝上飞了一阵就落在地上了。两个哥哥一个朝东一个朝西去寻找最美丽的地毯去了，剩下"小傻瓜"弟弟留在原地，难过地叹气。突然，他发现羽毛边有扇活板门。他掀开盖板，看到有几级楼梯，就沿着梯级走向了深处。不久又见到一道门，他伸手敲了敲，门开了，只见一只巨大的蟾蜍蹲在那

---

① 部分译文参考了中国儿童文学网：http://www.61w.cn/news/wtonghua/07425
18345DFBFCFJH7FBD3H5HH5DE.htm。

儿，四周挤满了小蟾蜍。大蟾蜍问小王子要什么，小王子说："我想要世界上最漂亮、质地最好的地毯。"大蟾蜍于是搬来一口大箱子，打开盖，从里面拿出一块世界上没人能织得出的最漂亮的地毯，递给了小王子。就这样，谢过大蟾蜍之后，"小傻瓜"带上地毯，顺着台阶出来，回到了国王面前。

再说两个哥哥，他们认为弟弟傻，相信他找不到什么好地毯，就都只从牧羊人妻子那里买了些织得很粗糙的羊毛围巾带了回来。当"小傻瓜"将他那块美丽无比的地毯交给父亲时，国王一看，惊讶地说："王位该归小王子。"可是另外两兄弟吵吵嚷嚷不甘心，非要再比试比试不可。于是这一次，国王说："谁能带回来世界上最漂亮的戒指，谁就继承王位。"又将三个儿子带到外面，朝空气中吹了三片羽毛，让他们跟着羽毛所指的方向去寻找。大王子和二王子这次又是一左一右迅速跑开，而"小傻瓜"的羽毛又是落到原地。小王子像上次一样赶快回到了大蟾蜍那里，告诉它这次他需要世界上最漂亮的戒指。大蟾蜍吩咐搬来大箱子，从里面取出一个闪闪发光的金戒指，其工艺之精湛，是世界上任何工匠都做不出来的。

两个哥哥带回来的简直就是两个车轮。当小王子将金戒指拿给国王时，国王还是说："王位属于小王子。"可他的两个哥哥仍不甘心，他们不断给父亲施加压力，非让他答应再比试一次。这一次，他们要比试谁带回家的姑娘最漂亮，谁就继承王位。国王还是朝天上吹了三片羽毛，它们所指的方向还和以前一样。"小傻瓜"立刻下去找大蟾蜍，说："我要把世界上最美丽的姑娘带回家！""哦？最漂亮的姑娘!”大蟾蜍说,“她这会儿不在家。不过你还是可以带她回家的。”说着就将一个套着六只小老鼠的空心萝卜交给他。“小傻瓜”小王子无可奈何地说:“我拿这些有什么用呢?”大蟾蜍说:“抓只小蟾蜍放进去就行了。”他随手抓了一只放了进去,那小蟾蜍还没坐下,就立刻变成了一位世界上最美丽端庄的姑娘,萝卜变成了真正的马车,六只小老鼠变成了六匹骏马。小王子谢过了大蟾蜍,吻了吻姑娘,立刻赶着马车回来见父亲。

他的两个哥哥随后也回来了,但他们找的并不是最美丽的姑娘,而是带回了两位农家姑娘。国王一看到“小傻瓜”带回的美丽姑娘就说:“我死后王位由小王子继承。”两个哥哥又吵又闹,说:“我们不同意‘小傻瓜’当国王!”直吵得国王耳朵都要聋了。他们要求在大厅中央挂一个圆环,谁的妻子能跳着钻过去,谁就能继承王位。他们暗想:“农家姑娘结实强壮,跳过去不会有问题,而那漂亮姑娘准会摔死。”国王没有办法,只好同意了。两个农家姑娘先跳过去了,但是笨拙得摔折了粗手大脚;轮到小王子的漂亮姑娘,只见她轻轻一跃就跳过去了,轻盈得像只小鹿。

这一下谁都无话可说了。小王子继承了王位,成了一位英明的国王。

例子中的三段结构非常鲜明。第一部分开始写道,国王日渐衰老,需要选择一个儿子来继承王位。第二部分写小王子如何赢得了三项测验:找到了最美丽的地毯、戒指和最漂亮的姑娘。然后第四个测验是要求带回来的姑娘跳过圆环。第三部分只有一个句子,故事的结局就是小王子继承了王位并英明统治了许多年。

童话故事的另一个鲜明特色就是都有一些典型人物。在这个例子中，首先是国王和他的三个儿子，而且国王到了必须选择自己继承人的时候。故事中有三项测验：去寻找最美丽的地毯、戒指和姑娘。童话故事经常会用到"三"这个经典数字。但是这个故事中还有第四项测验——跳过圆环。玛丽-路易丝·冯·弗兰茨[1]在《童话释义》中写道，第四项测验也属于童话的一种典型规律。这个故事中有三个类似的测验以及一个最终的行动。前三项测验是为了引出第四项测验，层层铺垫引出最后的结果。当然，这一路上少不了帮手：大蟾蜍和它的小蟾蜍们。故事中有魔法，有活板门，有大箱子，有最漂亮的地毯和最精致的戒指。萝卜变成了马车，六只老鼠变成了六匹骏马，小蟾蜍化身成为最美丽的姑娘。最后，是一个大团圆结局。"小傻瓜"继承了王位并英明统治了多年。

你可以让自己沉浸在这个故事中一会儿，就像沉浸在自己的梦中那样，不要试着解读它，只是感受这个故事，想象它出现在舞台上，然后进入它。荣格把这称为"主动想象"。"你必须深入参与自己的内心反应，就像你自己是其中的一个奇幻人物，就像你眼前正在演一出戏。"（《神秘合体》，第 706 段）

坐在椅子上好好想象一下这个童话故事。你是那个正在寻找继承人的老国王吗？如果要测验自己的子女，你是父亲还是母亲？或者你是孩子中的哪一个？是那个坚持要获得继承权的长子，还是那个找到地板上的活板门并走入地下世界的小王子？又或者你是那只大蟾蜍，或者是小蟾蜍，作为帮助者，永远都会提供帮助么？想象自己是故事中的一个人物，再体验一下这个故事。

---

① 玛丽-路易丝·冯·弗兰茨（Marie-Louise von Franz，1915—1998），瑞士荣格研究学者，心理学家。著有《荣格：他的神话与我们的时代》。

现在，将你的感受写成一篇短日记。可以这样写，"读完《三片羽毛》，我想象自己就是'小傻瓜'。我看见了活板门，打开了它。"走入地下的黑暗中感觉如何？至关重要的是，写下童话是在哪个部分引发你的想象和感受的。这个故事人们已经听了几百年，由于故事本身有一种能量，当你开始读它，你的感受就会被激发。你的感受会变得更加丰富，你的写作也会变得丰富。如果不将这种感受及时记下来，你可能会忘记它们。

根据《三片羽毛》在日记里写一篇读后感。限时五分钟。

童话的主题

童话的主题如我们的生命一般不断变化。然而，如果注意人物的年龄，我们就会发现三个不同的年龄层，每一个年龄层的人物经历的结尾都有不同的转变方式。在作家兼写作导师苏珊·鲍开办的童话作家工作室中，她划分了这些不同的年龄组：

——少年童话：少年主人公离开家庭，去寻找真爱或者宝藏，与恶势力斗争，增强了意志。这种转变关注"适应性"。

——中年童话：人物不再有不成熟的想法，而是直面悲剧，发展了自我意识。这种转变关注"重生"。

——老年童话：人物得以超越世俗视角，重拾童真，直面死亡，并且获得智慧。这种转变关注"顿悟"和（代与代之间的）"调停"。

《三片羽毛》属于少年童话，第三个儿子"小傻瓜"在寻找宝藏，并且学习适应他周遭的世界。

下面的例子《六尊神像》是一篇老年童话，选自阿兰·B·钦南的《永恒之后：童话和后半部生活》。老年童话并不关注成长，而是关注衰老，这无论在生理还是精神层面都是更重要的成长。

《六尊神像》

很久很久以前，有一对善良的老夫妻，他们非常贫穷。有一年新年前夜，他们发现自己没有钱买过节的米糕。然后他们想起了不久前老头做的七个草帽。“我去村里把它们卖掉，这样我们就有钱了。”老头说。于是他的妻子把其中一只草帽戴在了丈夫头上，另外六只挂在了他的肩膀上。老头就这样离开家，走入雪中。

那一整天，老头都在试图兜售他的草帽，但是一只都没有卖出去。于是那天傍晚，他艰难地跋涉在雪地里，满心悲苦地往家走。在路上，他注意到路边有六尊神像矗立在雪地里。这几尊孩子们的守护神看起来是那么寒冷而孤独，以至于老人停下了脚步。“我不能让你们在这里受冻!”他叫道，然后取出了六顶草帽，把它们小心地带在了每一尊神像的头上。然后老人回到了家里。

当他告诉妻子没有买到米糕的时候，老妇人难过得直叹气。但是当他描述自己如何将草帽给了六尊神像的时候，老妇人又有了笑容。“想象一下它们现在该有多幸福吧!”老妇人快乐地喊。那天晚上，在吃了一顿极简单的年夜饭之后，老两口上床睡觉了。

午夜时分，他们被屋子外奇怪的响声吵醒了。“是谁呀?”老人喊。他们听出是有人在唱歌。

就在那一刻，门被吹开了，一袋东西落在了他们的小屋里。袋口摔开，里面露出老头和他的老伴从未见过的最精致的米糕，闻上去香甜可口。当他们抬头望向门外时，他们看到了那六尊神像，每个头顶一只草帽，正向他们鞠躬，致以新年的问候呢！

在考察这个故事的不同部分之前，试着让自己融入其中，让你的想象力在其中复活。试着想象老夫妻一起决定老头应该去出售草帽的场景。想象老头从市场失望而归，在每尊神像头上小心试戴草帽的场景。假装自己是那个老头，想象他停下脚步，对着神像说话；或者假装自己是那个好脾气的老妇人，看着自己的丈夫空手而归。又或者想象自己是那个变得有生命的神像。

把这些想法写下来。在开动脑筋设想《六尊神像》的时候发生了什么？对着神像说话感觉如何？去重新发现我们周遭的神秘，在生活的当下，去体验那最神秘的时刻。

 练习　根据《六尊神像》在日记里写一篇读后感。限时五分钟。

正如之前讲过的，在老年童话中，关注点在于顿悟，在于启蒙。老夫妇遇到了难以置信的事情，在六尊神像的身上重新发现了孩子般的惊奇敬畏。他们的余生都将受到这种感受的滋养。而那六尊神像，作为孩子们的守护神，仍将继续在两代人之间斡旋调解。

当代寓言写作

在写作当代寓言的时候，你要寻找童话的核心故事，并且自问当今世界的人们会如何对这一情境作出反应。故事中有哪些部分需要改变？哪些应当与时俱进？哪些普世真理保持原样？下面这个现代寓言故事由林恩·巴莱特创作，发表于 2005 年的《河都杂志》。这是《小红帽》的现代版本——以第二人称写作，是一次大胆的尝试。

《小红帽归来》

那时你已经长成一位金黄色微红头发的女郎。在乡下农庄你休息了很长时间，做 spa、调养、瑜伽、按摩，回到镇上前你感觉自己容光焕发。今晚你和已经约到手的一位当地乡下青年在一起，他年轻、强壮、单纯。你带他到酒吧，当你从一群醉醺醺的人身旁转到另一群人旁边的时候，还享受着他惊奇的赞美。

你不是不知道，你会遇到狼，当你离开这里，进入野地的时候。

"你要去哪儿？我亲爱的。"一个低沉的声音引起了你的注意。按照故事的要求，那咆哮的声音要吓到所有的小女孩，包括你。

"哦，你知道，"你告诉他，"大家都听见了。我们要去红玫瑰那里参加安妮的聚会，一会儿就出发。"

"啊，安妮的聚会。我也会去，"那人说，"我亲爱的。"他的声音刺耳恐怖，简直让人汗毛倒竖。

你想让那头老狼吞下你，你知道应该这样。你以前已经经历过那种黑暗了。当你和他在一起的时候，他的世界包围着你。你和他的背包一起旅行，穿着他设计的田野风格的衣服。你跟他一起夜间散步，靠他的牛排、凯歌香槟和可乐过活，回到他的兽穴，让他暴烈的音乐环绕你，因他的咆哮颤抖。在他赶你走的时候，你哭了，难道不是吗？你一直梦到他，难道不是吗？你梦到他高大的身影，深褐色混着银色的皮毛。

在安妮的聚会上，他不在这儿。安妮自己已经非昔比，她的黑发中间的几缕银丝是现在她身上唯一还算自然的东西。年轻的模特们喊她奶奶，她简直君临天下。聚会的大厅里装满夸张的粉色镜子。尽头是一张炫目的吧台，装饰着玫瑰雕花的玻璃通体透亮。你和你的乡下男青年一起跳舞，在舞池中转啊转啊，直到你一眼瞥见了狼先生。

他招呼你过去，你来到了他的红天鹅绒卡座。他让你自己点些喝的，而你要喝他正在喝的矿泉水。

他笑着帮你倒了一杯，笑容阴森森的。

"怎么，狼先生，你那一口大獠牙怎么了？"

"啊，我的大獠牙。你还记得是不是，我的甜心？我把它们当了。你肯定听说我遇到麻烦了，肯定是。"

"我听说你持有武器。"

"你是说后座上那几把乌兹冲锋枪？它们可都是合法的，我有证书，不过我的对手正在找由头把我拿下。幸好，我听到了风声。"

"我知道你耳朵好。"

"他们以为可以在法庭上拿武器这件事对我耳提面命。法院没收了所有他们能搞到的东西，不过最后还是没有发现能判我刑的证据，亲爱的。虽然我不得不变卖点儿东西，"那阴森的笑容又浮现出来了，"不过最后我安全了。"

"你确定？一旦他们要追查你……"

　　"怎么会？你听到什么消息了？"他的长脸狡猾地、警觉地看着你。

　　"没什么。这么说你又重操旧业了？"

　　"哦是的，我正在策划一桩好买卖。你知道，这是我的长项，总能找到他们中间的野孩子。"

　　"每个人都知道你慧眼独具。"

　　"这话没错。事实上，我今晚就在这里找猎物呢。太高兴遇到你了，我亲爱的。我想可能以前我忽视你了。"

　　但是你自己心里清楚，你毫无天赋。如果他开始打你的主意，怜爱地看着你——注意是怜爱地！——轻拍你的小手，那么，他就开始变得危险了。

　　你笑着，握了一下他毛茸茸的手腕，然后走进舞池去找你的帅哥樵夫了，一群垂涎他的美女正围着他。你带他出来，来到外面布满星光的晨曦中。你的手在这帅哥强壮年轻的臂膀上摩挲，简直想像狼那样来一声仰天长啸。

　　巴莱特曾经写过："在重新讲那些不断被复述的故事的时候，我们会进行置换，选出对我们有意义的部分，将那些不太吸引我们的道理换成某些我们自己的想法。"她的改动包括加入了乡下男青年，彻底改造了奶奶（安妮）的形象，以及第二层置换：狼不再危险，反倒是小红帽需要多加管教。

　　我们现在要做的练习是，写一个想象出来的当代寓言，可以从自己的生活或者其他人的生活中寻找原型。从生活中寻找人物和经历——真实的或者是虚构的——将其写成一个童话故事。如果主角是少年，那就是一个少年童话，主人公可能离开家庭，面对对手，学习如何适应周遭的世界。如果主人公有了一定的年纪，那么这可能是一个中年童话，主人公放弃了不成熟的想法，开始发展自我意识。如果主人公更老一点，那么这就是一个老年童话，主人公愈发智慧，有能力聆听神像的启示。

由于我们每个人都有讲故事的本能，当我们开口说出"很久很久以前……"这句话的时候，会凭直觉找到故事的解决方法。记住故事的三个组成部分：

——开头，发生了某件事情——人物产生了一种需求或欲望

——中间，人物与对手抗争，困难升级并达到高潮

——结尾，故事的圆满：在高潮之后获得了一种新知

在你开始做这个练习的时候，拿第三人称想象你的人物。如果你是写自己的经历，就用"他"或者"她"来写。这样做可以带给你一种距离感，将其视为一个故事。童话大部分都是用第三人称写的。

如果你身处一个作家工作室，请和你身边的人简要分享你的故事。当你向某人讲故事的时候，你自然就会把故事讲得听上去更有趣。同时，正如我在以前的章节已经说过的，如果你的听众失去了兴趣，那就需要换一个主人公。如果你不在作家工作室，那就看看你能否找一个朋友来听听你的故事。这种分享可以激发讲故事的人产生一种能量，并且在讲述的过程中引领他在故事内部建立联系。

写出你的故事

现在开始创作你自己的故事。从"很久很久以前……"开始，或者选择另一种传统的写法，以一种没有时间感和地点感的句子开

始。记住，开头要简短，不要着急。按照每一章的结构分配写作时间，我建议你根据给定的时间来写，当然也可以延长。你会从这种安排中获益。

 以"很久很久以前……"作为开头，创作你自己的童话故事。限时十分钟。

十分钟后停下来。你即将进入故事的中间部分。困难究竟是什么？伸个懒腰，深呼吸一下。你的主人公要如何面对对手？回到你的写作中，慢慢跟上，从困难挣扎一直写到故事的高潮。

 继续写出故事的中段。限时十分钟。

写完这十分钟再次停下来。你应该来到了故事的结尾部分。你已经找到解决方法了吗？不仅仅是一个收尾，而且还有一种新的领悟？

 继续写出故事的解决途径。限时十分钟。

重读一遍你的故事，看看有哪些元素可以重复三遍。是否有三项测验、三个帮手？选定一个可以重复三次的元素。

 将一个元素重复利用三次。限时五分钟。

在结束这个练习之前，花一点时间检查自己的第一句话。可以回看一下我们举过的三个故事中，它们的第一句话是怎么写的：

　　　　"从前有个国王，他有三个儿子……"

　　　　"很久很久以前，有一对善良的老夫妻，他们非常
贫穷。"

　　　　"那时你已经长成一位金黄色微红头发的女郎……"

　　把这几个句子大声读出来，注意它们的韵律、音节的抑扬顿挫（长度、重音与非重音的重复）。现在，读一下你自己的第一个句子。大声读出来。它听上去韵律如何？重音在有规律地重现么？

　　对你的第一个句子下工夫修改。限时五分钟。

　　最后，为这个故事起一个题目。慢慢来。当然，最后可能还会修改。但是现在，你会给自己的童话起一个什么名字呢？

　　起一个题目，在下面签上自己的名字。空一行，然后写下经过修改后的第一个句子。你的故事就这样呈现出来了。限时五分钟。

　　如果你周围有一群写手，那么对小组练习来说就是一个极好的机会和场所，每个人都可以给自己的故事起一个题目，有时间的话再写出第一句话。当你们分享这些标题的时候，同时也是在分享自己的热情，在为自己的故事注入生命。

　　现在，把你的故事放在一边，等有时间的时候，再来重读和修改。这是你自己的故事，你不会忘记，还会坚持不断润饰和不断

讲述。

※　※　※

　　在这一课，有两个五分钟的短练习：在日记里写两则童话的读后感。接下来，在指导你写下自己的故事时，设计了共计四十分钟的长练习。你可以跟着给定的节奏，在每个练习规定的时间内完成。或者可以在第一周做前两个练习，然后将剩下的练习在三周内完成：写作故事的第一部分；写作故事的第二部分；最后将一些针对性的短练习一次做完（重复三次的元素，打磨首句，起题目）。

※　※　※

诗化散文和散文诗

我们在第二课学习随笔写作的时候简要介绍过诗歌的元素。在这一课，你将更多地运用到这些元素，以不同的形式写作诗化散文，尤其是散文诗写作。

诗化散文（Poetic Prose）听上去有些自相矛盾，诗歌就是不是散文的东西，而散文也不应该是诗歌。然而这两者的距离可能比你原先以为的更接近。夏尔·波德莱尔在他 1855 年的作品《小散文诗》的序言中写道："在我们雄心勃勃的时刻，谁不曾梦想过那种诗化散文的奇迹呢？……柔软舒展，足以适应种种灵魂的抒放，心神的悸动。"我们梦想诗化散文，我们也写出了这样的作品。只要我们的文字是发自心灵的，通过学习和不断练习，我们就能够使其容纳更广阔的天地，引起每个人的共鸣。散文写作的技巧与诗歌写作的技巧非常相似。《蓝色风信子女孩》的作者苏珊·弗里兰写道，在她的作品中，描绘诗歌和场景的词语碎片仿佛颜料般画在纸上。"通过这种精细雅致的构筑，意料之外的内在联系得以展现出来。"

入门范例两则

以下举了诗化散文的两个例子——一个非虚构，一个虚构——作为一种引入的方式。非虚构的例子取自帕特里夏·汉普尔的一篇关于记忆和想象力的散文，意思是想象力不仅对于建构记忆至关重要，而且可以通过想象力发现记忆的深意。在你润饰自己作品的时候——充分运用诗歌的元素——你就会发现这种深意所在。第二个例子选自奥尔罕·帕慕克的小说《雪》，雪作为主要的隐喻，引起了读者内心的共鸣。在学习如何运用诗歌元素的这一课中，会重复提及这两个例子。

首先来看《记忆与想象力》这篇散文的开头部分，取自帕特里夏·汉普尔的作品《我可以为你讲故事》。

选自《记忆与想象力》

我的父亲喜欢拉小提琴，他天赋极高，以至于我们都认为他应该是个艺术家，但是这份折损的才华无处施展，只能周日在家拉琴。我七岁时的一天，他领着我的手，带我穿过圣卢克学校又长又暗的一楼走廊，那简直可以说就是一段隧道，但是尽头，有一间摆满钢琴的房间。在那里，许多小女孩，还有一个倒霉的小男孩，在练习弹不利落的音阶和琶音，各种乱七八糟的声音混成一片。我父亲把我交给了奥利弗·玛丽姐姐，她长得确实像只橄榄（olive 与人名奥利弗相仿）。

她那张脸油腻得直反光，简直就像刚从罐头里滚落出来的橄榄，掉在一只大白盘子里，平滑可鉴，一个褶都没有……

她教给我中央 C 的位置，这在她看来好像至关重要。我从中央 C 开始弹起，不过扭头看了别处一秒钟。当我的眼睛再转回来的时候，我就找不到中央 C 了，它的小身影没入了复杂到难以理解的大键盘中。奥利弗姐姐十分轻松地又弹了一下那个键。她再次强调了中央 C 的重要性，说它就是中心的所在，有点像北极星的感觉。记得我当时想，这个中央 C 就是钢琴的肚脐眼，我为自己能想出这么准确的描述而骄傲不已。我生平第一次被比喻的力量所折服。不知出于什么原因，我没把这个想法告诉善良的奥利弗；显然我明白，一个真正的比喻多少是件冒险的事情，因为它会暴露你自己。事实上，直到此刻，我才第一次写出它，将我人生的第一个比喻公之于众。

阳光洒满房间，所有那些黑色的钢琴都在闪闪发亮。奥利弗姐姐身着与键盘一样的黑白两色服装，也在闪着光。中央 C 则闪着意义的光芒，我知道自己永远永远也不会忘记它的位置了：它，就是世界的中心。

后面我们会逐一学习这篇文章的细节，但是现在，我们只需要享受它：那些细节丰富的描绘，句子的韵律，意象，以及叙述者自己作为孩童时发现的比喻。

第二个例子选自奥尔罕·帕慕克作品《雪》的第一页，讲述的是诗人卡在结束了长期流亡德国的生涯后，返回土耳其的故事。他正在从伊斯坦布尔到卡尔斯的途中，两个城市相距甚远。

选自《雪的寂静》

这才是雪的寂静，坐在公车司机边上的男人想。如果要写一首诗的开篇，他就会这么写，因为他确实感受到了那种内心深处的"雪的寂静"。

车是从埃尔祖鲁姆开往卡尔斯的，他差点没赶上……

车一启动，我们这位旅行者的眼睛就没离开过窗户。可能他希望看见某些新的东西，他盯着埃尔祖鲁姆郊区沿路破旧的小商店、面包房和倒塌的咖啡屋。正看着，雪就下起来了。他在伊斯坦布尔和埃尔祖鲁姆都没有见过这么大、这么急的雪。要是他不这么疲惫，要是他注意看看天空中落下的鹅毛般的雪片，他就该知道这是暴风雪来了；他本可以更改这个可能改变他一生的行程；他可能选择掉头回去。但是这个念头他甚至想都没想。夜幕即将降临，而他迷失在天光的变幻中。当雪片在风中更疯狂地打转时，他丝毫不在意这突如其来的暴风雪，反而觉得这是一个承诺，是一个容他返回孩童时期幸福而纯洁时刻的迹象。

现在，同样，你只需要享受这个作品，感受场景，感受越落越密的雪花、纯洁的承诺，当然还有即将到来的隐隐危险，这与他童年时代的幸福相去甚远。

在你回看这几页作品的时候，将自己沉浸在充满诗意的写作中。让自己充分体会那些词句、旋律、修辞化的语言、联想，以及比喻。

这一课先教你审视诗化散文的两个元素，即韵律和意象，除此之外，还要记得诗歌的另一个重要元素：精炼。在诗化散文的写作中，你不仅要关注韵律和意象，还要练习如何精炼，也就是排除那些冗余的词汇以及句子。这就像是蒸馏的过程。你需要去掉那些干扰你的目标的所有东西。你要学会精炼。这一点在本课的第二部分，即学习散文诗的时候会练习得更多。

韵律元素

写作中的韵律就意味着造成共振。《韦氏大词典》将韵律定义为有声和无声的流动。如同音乐中在何处休止（停顿）非常重要，写作也是这样。不能一直都是声音响个不停，必须有无声的状态。E. M. 福斯特在《小说面面观》中把韵律定义为"有变化的重复"。作家甚至在写下句子之前，就可以听到韵律在他的脑海里起落沉浮。

同样，读者也可以不张嘴，只靠默读就能够听到那同一段韵律的起伏。

作为一个散文作家，你怎样在写作时创作出韵律感呢？有三种方法：长度、用词、和"额外电流"。

长度

长度是写作中韵律的基础，这就要求作家注意每个句子的旋律。写作就像克利须那神①的笛子，可以表达看不见的内心旋律。约翰·加德纳在《小说的艺术》中写到过诗歌的节奏，并为散文作家讲授了韵节的格律分析（扫读词句长度），认为节奏和变化是散文得以诗歌化的基础。加德纳说明了重音和非重音音节的有规律出现对写作的作用和功效。他相信，优秀的散文和优秀的现代诗歌（也就是不受格律约束的自由体诗歌）之间只有一种区别，那就是断句。诗歌有意味的断句可以放慢读者的阅读速度，而散文并不这样划分断句。

让我们来看一下之前读过的两篇文章。

先来看一下汉普尔作品节选的开篇文字："我的父亲喜欢拉小提琴，他天赋极高，以至于我们都认为他应该是个艺术家，但是这份折损的才华无处施展，只能周日在家拉琴。我七岁时的一天，他领着我的手……"在划分重音后，第一句话就变成了：我的父亲/喜欢/拉小提琴，他/天赋极高，以至于/我们都认为/他/应该是个/艺术家，但是这份/折损的才华/无处施展，只能/周日在家/拉琴。

当你把这句话大声读出来，你就可以听到有节奏的拍子：长短长/短长/短长短长短/……这种拍子就叫做抑扬格。这种规律能让人

---

① 克利须那神（Lord Krishna），印度教神祇，亦称黑天。乃毗湿奴神诸多化身之一。其雕像经常呈现手持笛的形象。

感到舒服。作为读者，你会想要停在某些音节上，"他/领着/我的/手，"比如这个四拍子的抑扬格。这也是罗伯特·弗罗斯特[①]最爱使用的节奏，比如："那里的/树丛/我以为/我认识"。在汉普尔的例子中，你也能看到这样两个一组重复的格律节奏。在第一行里两个非重音挨在一起（他/应该是个），第二行里两个重音挨在一起"……施展/领着……"。这一点也是很重要的。因为如果格律太严格，节奏就会显得单调。

再来看一下帕慕克例子中的前四个字。"雪的寂静"，两个拍子，长短/长短。看到这几个字，读者就会想打两下拍子。这四个字不光被当做这一章的题目，而且在第一句话开头和第二句结尾都有出现。这样这个节奏就留在了读者脑海里。这四个字总共重复了三次。读者随之进入了诗人卡的静寂世界中。雪的寂静。

作为作家，你要学会注意文句长度。这是你声音的一部分。琼·迪迪翁[②]在她的回忆录《狂想的一年》中有意识地充分运用了这种内含于字里行间的韵律。你也要学会去聆听自己的作品，站起身来，把第一页大声读出来，不管是散文还是短篇小说，大声朗读都是一个很好的练习，尤其站着读更有帮助。因为站着读的时候，你的气息更流畅，你会听到自己的声音，哪里有说服力、哪里有欠缺，都可以一目了然。

下面以暴风雪为主题写一两句话，要求服从格律（分配重音/非重音）。可以用四个重音音节（在诗歌语言中，这叫做韵脚），也称

[①]　罗伯特·弗罗斯特（Robert Frost，1874—1963），20世纪最受欢迎的美国诗人，美国文学中的桂冠诗人。

[②]　琼·迪迪翁（Joan Didion，1934—　），美国女作家，20世纪60年代步入文坛，在美国当代文学中地位显赫。她在小说、杂文及剧本写作上都卓有建树，被评为"我们时代最伟大的英文杂文家"。她最为人称道的作品是《狂想的一年》，本书将在第十课讲到这个例子。

四音步抑扬格。或者五个重音音节，也称五音步抑扬格。"街道上暴风雪盘旋在我的周身"就是一个五音步抑扬格的例子。它有五个重音音节：长短/长短/长短/长短/长短/。重音音节的分布可以这样标出："街道上/暴风雪/盘旋在/我的/周身。"

现在轮到你，试着写几句有格律的散文。

写一句五音步抑扬格的句子。限时五分钟。

用词

另一种使散文增加韵律的方式是运用拟声词——把具体声音加入词汇中。当你看到这样的词，几乎就可以听到它：一些有画面感的词，比如：呼啸的风声（你会听到风声）；嘶嘶作响的火焰（你会听到火苗燃烧的声音）。再比如："嘎吱嘎吱地咀嚼"（你会听到声音，似乎感觉自己的牙齿碰撞在一起）；"涂抹"（你也会听到并感觉到这个动作）；"空洞无物"（与这个词本身的发音一样）。你可以训练自己在阅读的时候留意这样有动感的拟声词。对它们越敏感，就能够越多地在自己的写作中运用它们。这样，你的写作就会变得更有力量，更打动人。

让我们看一下在之前的例子中两位作家是如何用词的。

汉普尔在写到她的第一堂钢琴课中，用了"折损的才华"这个词，其中"折损"二字，听上去便让人感到折磨。如果不能感到这种折磨，读者是不会读懂听懂并将其视觉化的。另一句话是"各种乱七八糟的声音混成一片"，读者仿佛能听见琴房中飘出各种音调凌乱的音阶和琶音。"混成一片"（mash）这类词通常和土豆联系在一起，不过这次却是和钢琴。还有一个意象是从罐头里滚落出来的橄榄。"滚落"这个词听上去就有动感，念起来也不差。接下去，我们"被比喻的力量所折服"。读者不仅读到了"折服"这个词，也感到了一个七岁小女孩内心的惊异。

再来看帕慕克那篇小说，头一句上来就是"雪的寂静"，塑造了一种沉寂的气氛。"寂静"这个词听上去就有一种宁静之感。"寂"、"静"两个重音平均分配，发音在词首和词末交相呼应。读者一读到这个词，马上就可以感受到这种气氛。然后是"雪片在打转"，"打转"这个词需要用气才能发出——就像这个词本身。同样，作者选用了"暴风雪"而不是"风暴"这个词，这两个词发音不一样，所以会造成不一样的效果。比如在"暴风雪"（blizzard）中，读者就会听到两个 z 的发音。

现在轮到你了。想一想你写作中的用词。从雪花那句开始，继续写暴风雪。或者一节音乐课。找到那些听上去像你所描述的东西的词。学习熟悉自己的语料库。

写几个拟声词。限时五分钟。

额外电流

第三种方法是通过韵律为你的散文增加"额外电流"。谢默斯·希尼用这个讲法形容提升语言质感的诗歌技巧。要得到这种额外电流，我们可以通过头韵法——使用相同的辅音、使辅音重复，和尾韵法——使用相同的元音、使元音重复。我们也可以用词语的重复来增加额外电流。仍然以之前的两个例子来说明这种方法。

头韵和尾韵

在汉普尔的作品中，"领着我……带我穿过走廊"，其中头韵的使用使读者得以追随这个小女孩的脚步，一路走到走廊的尽头。"各种乱七八糟的声音混成一片"这句话中，不同元音的重复让这混成一片的声音更为混乱。

在帕慕克的作品中，"雪的寂静"中有辅音的重复。"鹅毛般落下的雪片"和"雪片在风中更疯狂地打转"这两句中分别有更多辅音的重复，"他迷失在天光的变幻中……"读者也在其中迷失，想要多读几遍这个句子。

辅音或者元音的重复使这些句子更为流畅，带有更多电流，而这不是偶然的，写作就是需要这样的精心构筑和润饰。

重复

在汉普尔的例子中，"中央 C"分别在五个句子中重复了五次，使得读者的注意力集中在这个"中央 C"上。随后，从这个词引申出的比喻在后文又重复了三次。这样的重复是有意安排的。接着，钢琴开始闪闪发亮。奥利弗姐姐开始闪着光。然后我们想起了更前面的一次发光："那张脸油腻得直反光。""闪光"这个描述重复使用了三次。

在帕慕克的例子中，"雪的寂静"也在题目以及开头的两句中被重复了三次，为整个情绪和带有预兆的主题奠定了基础。然后中间的长段，有三个重复："要是……要是……他本可以……"这样读者不仅意识到了即将到来的暴风雪，也预见到了那种隐隐的冒险。

现在来写几句话，可以继续写暴风雪，或者一节音乐课，注意运用韵律的元素——长度、用词，以及头韵和尾韵。多寻找重复和变化。

 写一小段文字描述一场暴风雪或者一节音乐课，注意韵律和重复。限时十分钟。

想象力元素

写作中的想象力就是要使画面视觉化。《韦氏大辞典》将想象力定义为在脑海中创造形象的能力。富有想象力的形象可以刺激读者以一种新的方式看待主题。这种视角的变换是想象力的关键所在。在特征描述方面，一个意象的作用远大于一长段文字描写。同样，想象力可以设定基调和情绪，通常还起到预示下文的作用。

当你开始在阅读中关注想象力元素的时候，要留意那些触动你的东西，允许自己去看、去体味、去感受冬天是如何被描绘的。记下这些在你的日记或者自己的写作过程中出现过的想象。首先是明喻——以形象上不同的两类东西作比，常用"好像"、"比如"等喻词引出。其次是暗喻——以形象上不同的两类东西作比，但是不出现"好像"、"比如"等喻词。暗喻运用得越深刻，形象的象征性就会越明显。那种探入潜意识随后引出一种深刻含义的暗喻其实就是象征。在前几章的写作中你已经选定了中意的意象。在这一章，你将从意象出发，一路经过明喻、暗喻，最后到达象征。

这里有一个进阶的简单例子。

——意象：我们从一个简单的意象开始，比如说"灿烂的连翘花"。

——明喻：为了使这个意象更加视觉化，我们来应用一个明喻：

"盛开的花丛灿烂得就像金子一样。"这样我们就形象地看到了花朵盛放的景象。

——暗喻：接下来，我们需要运用暗喻。从意象出发，但是不能用到"好像"、"比如"这类喻词。举例来说，"金灿灿的花把枝干映得发亮。"我们不需要写出盛开的花朵使枝干看起来就好像（明喻）在闪闪发亮。

——象征：再接下来是象征，需要把不可见之物与可见之物联系起来。"连翘花炫耀着满身黄金。"这里有一种奢靡的感觉，金黄色的特质如此突出，以至于被拿来炫耀。句中黄金的暗喻承载了一种象征的含义。

现在让我们来看一看明喻和暗喻在之前的两段节选中是如何运用的。

首先是汉普尔的明喻，"奥利弗·玛丽姐姐，她长得确实像只橄榄，"一上来就吓了我们一跳。她继续道，"她那张脸油腻得直反光，简直就像刚从罐头里滚落出来的橄榄，掉在一只大白盘子里，平滑可鉴，一个褶都没有。"一只橄榄落在一只大白盘子里，还反着光。这个非比寻常的明喻暗示了本体的善良诚实、朝气蓬勃。接下来是中央 C 的比喻，"它的小身影不见了"。（不用说这个小身影就是指钢琴的一只白键，只说中央 C 的小身影，这就足够了。）再之后中央 C 还变成了钢琴的肚脐眼。汉普尔记得这个比喻把她自己都惊住了，还记得她犹豫过要不要把这个不太雅观的比喻告诉奥利弗姐姐。从象征意义上来说，中央 C 成为了作者童年世界的中心。这些孩童世界中的比喻显然毫无禁忌。

再来看帕慕克的作品，"天空中落下鹅毛般的雪片，"读者能够看到雪花，鹅毛。这是一种视角的变换，从雪花到鹅毛。这种变换加强了后面即将描述的景象，"雪片在风中更疯狂地打转……"。这时候主人公卡还没有意识到即将到来的暴风雪，反而把这看成是来自雪花的承诺，一种容他返回孩童时期幸福而纯洁时刻的迹象。在这种富有反差的意象中，文章设定了基调。读者不仅看到了突如其来的暴风雪，也体会到了小说中潜藏的悲剧意味。

这两篇文章的作者都跟随自己的意象深入了潜意识领域，并用意象搭建了可见世界与不可见世界之间的桥梁。通过依次运用意象、明喻、暗喻和象征，作家给读者带来了对意象的新的认知。键盘上的中央 C，飞旋的雪花——每一种意象都拥有更深刻的含义。是读者在丰富和把握着这些意象的含义：在酝酿的过程中赋予每一个意象以新生。

现在轮到你来一试身手。就像之前你做过的关注韵律的练习那样，现在来写一篇关注意象的小段落。你可能想要回看一下已经写过的段落——关于一节音乐课或者关于雪花的——以便继续写下去，只不过这次要加入明喻和暗喻。但这不只是加入比喻就了事，而是要重新审视整个段落，在其中有机地纳入可见的意象。

你也可以重新另写一段。就拿暴风雪的例子来说：想象自己是个置身于暴风雪中的孩童。雪花打在脸上是什么感觉？打在儿童脸上的感觉？可以用第一人称来写，也可以使自己出离这个场景，以第三人称的角度来写。

请记得我在每一次练习中都建议过的，我要求你全身心地浸入写作之中。闭上眼，回到你的童年时代，回忆一场暴风雪。想起什么意象了么？如果你受到另一个意象的强烈感召，那就写它。注意寻找可以运用明喻或暗喻的地方，让意象引领着你步步深入。

写一个段落，注意运用明喻和暗喻。限时十分钟。

你已经写了两段诗化散文，第一个侧重长度，第二个侧重想象。现在你需要寻求如何在诗化散文上应用精炼这个元素，也就是第三个元素：诗性。

散文诗简介

现在我们要来关注诗化散文的一种特殊形式——散文诗。《韦氏大辞典》把散文诗定义为："一种富有音韵美、想象力、表述的凝练，融合了散文描写中的某些特点，具有诗意表现性的文体。"因为这种文体具有散文的形式，所以并不分行断句。表述的凝练其实就是诗歌的本质。如果你知道俳句①——有十七个字音——你就会理解凝练的重要性。凝练是一种提炼蒸馏的过程，一种去芜存菁的手段。

针对以上这个定义，我还想为散文诗另加一条特征，即悖论性——揭示某事看上去自相矛盾的特征。散文诗这种文体如此灵活，以至于作家可以把它应用于多种不同的类型，比如寓言故事、旅行见闻、梦幻景象、叙述片段、怀旧记忆和诙谐作品等。而且散文诗几乎总是能够唤起一种超然的情感，正是这种超然的存在感使散文诗得以保持，并决定了自身的形式。散文诗中的所有细节都如此安排，以引导读者经历那种警醒与触动，突然意识到某件事物的"所在"。

下面的例子《一片净土》选自路易斯·詹金斯的选集《好鱼》。

---

① 俳句（Haiku）是日本的一种由十七字音组成的古典短诗，原称俳谐。俳谐一语来源于中国，大致与滑稽同义，在日本最初出现于《古今和歌集》。在俳句中，诗人力图运用优美而朴素的语言来描绘自然以表达深切的感情。

詹金斯在序言中写道，正是散文诗的自由性首先吸引了他，这种自由使他可以将有意识的叙述与潜意识中的意象结合起来。

《一片净土》

　　我开始理解了自己对你的爱。我以一具男性之躯走向你，悲观厌世，想要寻找一片净土。加油站和杂货店，教堂，废弃的校舍，几间老房子，带树荫的河岸……垂钓佳处。我是多么渴望这样一片地方啊！我一到那里，就知道我找到了我的净土。明天，剧组和摄制组就到了。我们可以在周一开始拍摄：关于一个男人如何寻找净土的故事。

这个例子即包含了音韵美、想象力、凝练以及悖论性。从描写讲述者的爱恋开始，寻觅一处净土，詹金斯一下跳跃到了杂货店、教堂、"带树荫的河岸……垂钓佳处"（此处是诗人原有的省略）。先是有意识的叙述，其后伴随着散文体的有形的意象，接下来再回到有意识的叙述：叙述者一直渴望这样一个地方。直到结尾的变化——剧组大队人马、摄制组以及一部关于男人寻找净土的故事的电影。读者这时开始明白：叙述者很清楚自己要找什么，当然观者亦如是。理想中爱慕的对象就是一片净土，而电影负责把这一过程拍摄下来。

　　散文诗因其凝练、诗歌性以及某种似是而非的悖论性而广受青睐，所以在各类诗歌选集以及传统的高端文学评论期刊中都找到了自己的位置。紧跟《散文诗：国际刊物》的是《文句：散文诗学日刊》。如今，更有若干种为散文诗服务的在线文学期刊，比如《双人房》、《暗示》、《六件小事》。散文诗在非虚构文学领域也找到了栖身之所，如凯瑟琳·诺里斯的《达科他》，特里·坦皮斯特·威廉姆斯的《跳跃》，还有艾丽斯·沃克在《我们的所爱终将得救》一书中的随笔《我妈妈蓝色的碗》。这是一篇她写给母亲的极美的散文，"似乎永远完满，"就像沃克在食品柜里找到的那只蓝色的碗一样。

　　散文诗的结构由文章内部的动势决定。有些散文诗只有一段长，像从一个小包裹里抖出惊喜；有些有两段，但是很少有更长的。有时候一整段就是一节完整的散文，有时候由散文中短小精悍的部分组成。娜奥米·西阿卜·尼视散文诗为"舒适的小门小窗户的微型房屋"。有些散文诗是独白，还有些是对话式的。有些是描述性的，还有些完全由动作构成。我选了两种不同的类型来讲解：主观叙述性散文诗以及客观描述性散文诗。

叙述性散文诗

　　叙述性散文诗通常非常接近我们在第四课讲到过的闪小说和小小说。这类段落风格短小的作品非常视觉化，就像一部小电影。它会建构一条故事线，然后来一个出人意料的突转。一般会收场于富有逻辑性的结尾，使整个诗作回归现实。所以结构的轨迹就是从理性出发，超越理性，然后再回到理性。这一点使得散文诗区别于超现实主义诗歌——在超现实主义中整个诗作都处在超理性的层面。在散文诗中，读者会被拽回来，虽然会有些出人意料的部分。这种诗意的特质使得散文诗得以区别于小小说。在散文诗中，你可以听到诗人以一种更具抒情性的口吻向你讲话；而在小小说中，你听到的是故事的讲述者在说话，而且语调更为叙事化。

　　以下是格雷格·鲍伊德创作的一篇短小的叙述性散文诗，取自他的选集《狂欢的天赋》。

《爱人》

每天独自冲凉——这不应该是生活的全部——所以这个男人给自己雕了一个肥皂爱人。想象一下他的愉悦与迷醉吧，在被这位爱人粘腻温柔的拥抱所缠绕的时刻。然而接下来，就是大家都会想到的结局：爱人日复一日地消融，在每日摩挲的指缝中流逝，直到最终消失，排入了下水道。

这篇文章的故事线很明确，一个男人每日独自洗澡。他期待有个伴侣，于是用肥皂给自己雕了一个爱人。接下来是意外的变化——不再感到孤独，反而感到了肥皂爱人所给予的温暖拥抱，这不禁使他心醉神迷。但接下来我们又回到了现实，随着肥皂消融，男人以及爱人的梦幻情境都消失在了下水道中。经鲍伊德之手，这篇散文诗变成了一部诗情画意的电影。

来看一下鲍伊德是如何运用散文诗的不同元素的。

——韵律：这首诗开门见山——每天冲凉——这样读者很快就可以进入情境。然后当写道男人用肥皂雕刻爱人，以及感受她粘腻温柔的拥抱时，诗篇节奏开始慢下来。这里的用词是精挑细选出来刻意让读者回味的，同时也让主人公能够更细腻地感受那种拥抱。

——想象：爱人的形象在读者的脑海中流连，直到在手掌中融化，在指缝中流走，最后回归大地。

——凝练：鲍伊德把自己这篇散文诗压缩在了极小的篇幅之内。

——悖论：从一个男人独自冲凉到梦想的流逝。此处已无须多言。

现在轮到你来写一篇带有强烈叙述性的散文诗了。闭上眼睛进入沉思。你想到什么故事了吗？不必再写一个冲凉的男人，也许可以写一个男人或者一个女人如何入眠。一旦选定了故事，就要在两到三个句子内讲完它。现在开始放飞自己的想象力吧。再次闭上双眼。让什么事情发生呢？给自己一点惊喜。当一个女人沉入睡眠，会不会有白马在卧房里奔跑呢？接下来呢？回到故事中，立即动手开始写吧。

 写一篇叙述性散文诗。限时十分钟。记得给你的作品起一个题目。另外在你有时间的时候，不妨回看并修改，在韵律和想象力上多加打磨。当然，也不要忘了简洁凝练这一点。

描述性散文诗

描述性散文诗的最佳阐释者和应用者莫过于当代诗人罗伯特·布莱。布莱认为要紧紧把握选定的描述对象——"紧紧抓住表面不放"——直到这种力量打开潜意识的大门。布莱在与《散文诗：国际刊物》（第七卷）的编辑皮特·约翰逊的一次访谈中讲到过从意识到潜意识、从可见到不可见的变换问题。"我在文章中进行这种变换时先要有一个信心，即心理学经验告诉我人们可以理解这种不可见的东西。"

描述性诗歌的形式之一就是对一次发现的简短描述。这件被描述客体是如何进入诗人视野的？接下来是对客体的观察。它的样子、气味、触感、味道如何？然后进入想象世界中：诗人是将它置于何处开始想象的？这里就有一次变换——从意识到潜意识。"作家的任务就是，"布莱继续讲道，"不仅要抓取画面，还要能够在黑暗空间中不断使之发展。"诗人在黑暗中摸索意象，进入未知世界，而最终他还要将其带出来，并以一种崭新的眼光看待意象。

现在来看布莱的一首描述性散文诗，看看他是怎么做的。这篇作品曾经发表在《散文诗》第三卷上。

《松塔》

这只松塔大约长八英寸，看上去像一小截没长出树冠的树干。果壳外面支棱着干巴巴的树皮。

把它举到鼻子前，那种香气使我回想起乡间酒吧、停车场上的吵闹，还有火上浇油的小个子们。

但是如果果穗张开，树液就会裹住尚在蜷缩的部分，鳞片就会彼此紧紧地闭合在一起。我们都感到了从这种干巴巴的状态中解脱的困难……那个雇来的外人还在另一间房间里……那个春天到底发生了什么。别管那么多了。反正我们整个家庭现在就跟这只松塔的状态如出一辙。

一只松塔。布莱在第一段描述了它的样子。这个意象的画面感很强：果壳外面支棱着干巴巴的树皮。然后从写香气开始，作者来到了第二段。联想出的画面包括：乡间酒吧、争吵、火上浇油的小个子们。一丝奇怪的味道。紧跟着这只松塔把读者带到了第三段。读者的两片嘴唇也开始紧紧地闭合在一起。接下来又是联想的画面：雇来的外人，去年春天发生的事件（省略号为诗人所做）。最后，布莱将读者带回现实，明确了松塔就是在暗示他的整个家庭，没有首领，各自为政，每张嘴都紧紧闭着。

我第一次练习写描述性散文诗是在诗人迈拉·夏皮罗的课堂上。她解释了罗伯特·布莱是如何讲授这种类型的诗歌的。布莱认为这一类型的写作模式就是从观察（某一客体），到联想，再到发现。夏皮罗随后要求我们从外面找一件能触动我们的东西带到课堂上，然后开始描绘它。

第二天去学校的路上，我在沿途的树丛中折了一枝小黄梅。这种花也长在我远在瑞士的家的周围。在课堂上，我把一朵五瓣的小花拿在手里反复看着，让自己去感受它、体味它、聆听它，然后开始动笔描绘它。

后来夏皮罗又要求我们回忆自己的父亲。"在此处运用一次变换，然后开始描绘自己的父亲。"我的父亲十年前就去世了。我回忆起的只是祭奠与缅怀。然而当我在手中握着那朵小梅花的时候，我感到它是如此轻盈，随即就想到了我父亲那几无重量的骨灰。于是我决定把这一切写出来。

我们被告知要把这两段合在一起，并发现其中的关联。我继续握着手中的梅花，虽然意识到我从来没有真正握过父亲的骨灰，但是却仍能感受到他与我的联系有多么深。以下就是这篇散文诗，但不是第一稿，因为事后又经过了许多润饰。

《梅花》

我手中握着一小朵黄色的花，一朵梅花，它的五片花瓣围着中心的花蕊徐徐展开。花蕊里的种子是黑色的，根茎埋在花瓣下看不见。我的视线从花蕊慢慢移到每一片花瓣上。这朵小花毫无重量，就像空气一样轻。当我闭上双眼，甚至不知道它还采在我的手心里，还是已经落到了地上。

父亲的骨灰也像空气一样轻，飘散在庭院里。我没能在手里握一握它，因为骨灰在我到达之前就已经洒净了。我走到教堂里开始掩面哭泣。他的黑色素瘤被潮湿的泥土掩埋了，留下的深棕色的癌症瘤就像是种子一样。

细长的茎将我引向地面。父亲经常说，"去做吧。"然而如今的我感到摇摇欲坠。花头快支撑不住了，花瓣开始打卷枯萎。父亲的骨灰轻如无物，就像我手中的这朵小黄花一样，只是他的种子埋葬得更深更久。

这篇作品的三段式结构很明显。首先，我描绘了花朵。然后转移到父亲去世，让记忆的回响映衬着对花朵的描述。第三段，我将二者联系在一起，花朵变成了我对自身的一种隐喻。

现在轮到你来写一篇描述性散文诗，从观察到变换再到确证。我建议你在屋里或者屋外走一小圈，找一件身边可以让你拿在手上的东西，比如一只松塔、一块石头或者一朵花。轻轻地拿着它，观察、摸索、闻一闻、听一听，如果你愿意的话还可以舔一舔。慢慢动笔开始写，一边描绘，一边观察。然后闭上眼睛，让笔下从客观描写变换到想象世界。你在哪里受到了触动？如果需要建议，我建议你联想一个你爱的人。不妨给自己一个惊喜。请继续写。现在，用最后一句话让你自己——也让读者——回到现实中来。

写一篇描述性散文诗。限时十分钟。事后还要再找时间润饰你的作品，要关注诗化散文元素的运用——音韵、想象、凝练、悖论——并且要强化（或者深化）写法的表现性。现在，给你的散文诗起一个题目。这篇描述性散文诗要和你的叙述性散文诗放在一起，这样你就有了两篇富有意外之美的诗化散文作品。

※　※　※

在这一课中，有两个五分钟的短练习（一个练习长度，一个练习用词），两个十分钟的练习（写一小段文章，一个关注音韵，另一个关注想象力），随后还有另两个十分钟的练习（分别练习叙述性散文诗以及描述性散文诗）。如果你要在一个月的时间内完成这一课的内容，我建议你在第一周做前两个练习，第二周做第二组练习，然后将剩余的两个分别在第三和第四周做完。

※ ※ ※

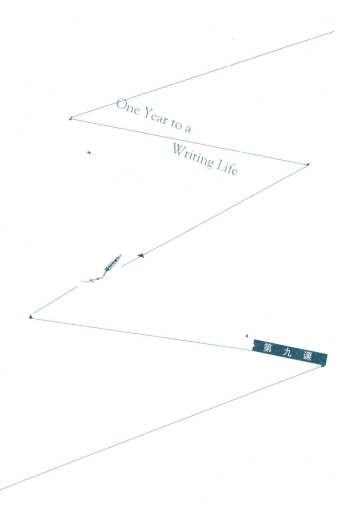

想象力的点金术

安妮·狄勒德在《写作生涯》中将词句描绘为矿藏。现在该到披沙捡石，向更深处掘出金矿的时候了。正如你在第五课所做过的那样，你需要更进一步激发自己的创造力。上一次，你是借由梦境触发创造力；这一课，是用点金术，一种将普通金属化为金子的魔法，来化腐朽为神奇，寻找内在的创造力之光。

点金术（alchemy）这个词一听就是外来语——事实也确实如此。它来自于希腊语 chemeia，而 chemeia 这个词又来自于埃及的旧称 khem，再加一个阿拉伯语的定冠词 al。于是乎，包含埃及、阿拉伯语和希腊语词根的"点金术"就这样形成了。最早记述关于点金术的资料见于希腊的古抄本，其被描述为一种起源于埃及的神秘技艺。

那么这种古代技艺指的是什么呢？C. G. 荣格的一位同事，玛丽-路易丝·冯·弗兰茨将其定义为一种企图理解神秘现象的自然科学。在化学层面，点金术意在寻找有智慧的石头，一种能够将普通金属变成黄金的物质。在精神层面，为了寻求长生不老之法，点金术是富有创造力的法师的精彩法术。而对于探求自我的心理学而言，点金术是丰满成熟的原型，一种自我完满的形式。

在本课，我会要求你变身为一位点金术士。你需要在自己的梦境、记忆和周遭环境中寻找鲜活的意象，并跟随它们进入黑暗和未知的世界。你会聆听这些意象的诉求，然后写出对话。你需要塑造和打磨这些天然的金块，通过写作日记、散文随笔、小小说或者诗歌来将这些你挖掘出来的金块带到光亮之中。

点金术的历史

首先，我们会以背景介绍的形式简要回顾一下点金术的历史，从最耳熟能详的一个文本开始："女先知伊西斯对她的儿子说，"这是照搬公元 1 世纪的希腊手抄本。玛丽-路易丝·冯·弗兰茨在自己的书中这样描述点金术：当一位天使想和伊西斯做爱时，她会首先问他点金术制作黄金的奥秘。天使答说这个问题超过了他的所知，于是找来一位层级更高的天使。这位天使也想和伊西斯做爱，于是他将这个秘密告诉了伊西斯，不过没人知道他们最后是否做爱了。点金术的古法秘方是这样开始的："以土块围固水银，另取氧化镁和硫黄。取一份量的铅，加预热过的凝固物，再取两份量的白石……"秘方还在继续，总之就是变得越来越复杂。

亚里士多德相信万物都有趋近完美的本质。既然金子是最完美的金属，那么就有理由相信自然是从埋藏于泥土深处的多种其他金属之中创造出金子来的。受到女先知伊西斯的秘方的感召，亚里士多德想到了漂白泥土，通过淬火升华，直到内在的精气被释放出来。他把这种漂白过的泥土定义为"第五元素"①。

在中国，也有古法炼金术的记载。《金花的秘密》中指出，这种法术可以追溯到公元 9 世纪，其中包含早已存在的道教和佛教思想。这可以说是一种修行指南，为得道的精神导师的徒弟们所使用，通过实践和坚持，来寻找永生，创造金花，创造金子一般不朽的生命。

在中世纪早期，阿拉伯世界的点金术文本多与穆罕穆德·伊本·乌马有关。六个世纪后，在欧洲，瑞士的物理学家和化学家帕拉塞尔苏斯②和他的徒弟多恩作为第一批西方世界的炼金师，开始意

---

① 第五元素（quintessence），即精华所在。中世纪哲学认为除空气、火、水、土以外的第五种要素，是构成天堂中物体的元素。在亚里士多德哲学中也被称为以太。

② 帕拉塞尔苏斯（Paracelsus，1493—1541），瑞士医学家。其父是移居瑞士的德国医生。1510 年，他进入巴塞尔大学学习，后周游欧洲各国，在意大利的费拉拉城取得了医学博士学位，在奥地利的矿区研究矿石。1527 年，他被任命为巴塞尔大学的医学教授，喜欢用德文写作。1536 年发表《外科大全》。

识到，这种不朽的灵丹妙药是可以通过阅读和思考获得的。

时至今日，荣格在研究了古代炼金术的文本、学者和艺术家们持续不断的努力后，认为这种对于晦暗的点金术不断探究的过程，也正是在找寻一条从黑暗到光明之路。所有这些传统其实都有一个指向：发现光的火花——创造力的本源——而它被隐藏在物理的世界中。作为作家，你需要沿着点金术的发展之路，一路追随意象深入黑暗世界，去芜存菁，然后将它带回到光明之中。不过，用不着让土块和水银化合反应，你需要做的只是让你的写作更上一层楼。

找到鲜活的意象

为了让你的写作踏上点石成金之路，有必要先找到鲜活的意象——那些能够打开不可见世界之门的意象。有些意象会引领你进入更深层的世界，在那里，你需要像炼金术士那样工作。赖内·马利亚·里尔克在《给青年诗人的信》中写道，首先你必须沉入内心世界，然后"运用那些出自你周遭环境的事物来表达你自己，那些梦中的意象，或者记忆中的东西。"你需要探寻每一种能够获取意象的来源——梦境，记忆，周遭环境——你可以通过阅读其他作家的作品来发现自己的意象。

梦境

有史以来，梦境都被视为人类寻求理解神明启示的工具。如果愿意，你可以回到第五课看一看当时我们对于梦的历史的归纳小结。从古代开始，梦境就揭示了人类生活的不同维度。公元前 3000 年，在埃及的孟菲斯，已经有了释梦的庙宇，人们到那里去与"医师"分享自己的梦境，并获得医师们的解释。

到了 20 世纪，弗洛伊德的《梦的解析》探索了人类意识的潜意识背景，他把梦称为"通往潜意识的神圣之路"。荣格在此基础上又进一步探索了潜意识更深的层次，并将之归纳为"集体无意识"，即我们拥有神话、传说和艺术的共同遗产。我们恰恰可以通过梦境——那些得以进入内心世界的幽闭的小门——开启这条道路。

回想自己的梦境，跟随它进入未知世界，然后找出一个鲜活的意象。在我的作品《寻金》中，每章都从一个梦开始。以下就是一个例子。

《一件金饰》

夜晚时分。我穿过月光映衬下的庭院，整幢大房子缀满点亮的窗口。我走进去，发现自己和皮埃尔在一间小房间里，一起看我的一件金首饰。一个黑影在我们身后，也在默默看着。一开始我们以为他是在那里欣赏首饰，后来我们意识到他是想把珠宝偷走。随后皮埃尔离开我，由我把首饰收好。那个黑影仍然在房间里……

这就是我的梦。这个梦是怎么成为进入未知世界的入口的呢？按照第五课讲过的处理梦境的步骤，首先要记住它。写下来——即便只是午夜记下的零星几个句子，然后在白天将其补全。第二步要记住自己关于梦境的感觉。我喜欢月光映衬下的庭院，还有点缀着亮着光的窗口的房子。我也喜欢金子。第三步是建立联系。你会将其与自己的生活建立怎样的联系？这个梦让我想起刚刚读过的一本关于点金术的书。第四步是进行扩展深化，浸入集体潜意识之中。这个梦让我感觉那个贼一样的黑影就是赫耳墨斯，正是他偷了阿波罗的牛群，但他同时也是上帝的信使。随着梦境将我引向更深处，我开始琢磨这个黑影的形象，一个诡计多端的形象。他是来偷珠宝的吗，或者只是告诫我我不能把这些金饰拿走？

　　下面再看另外一个梦，一个小牧童的梦，取自保罗·柯艾略[①]的《牧羊少年的奇幻之旅》。在这里，圣地亚哥把他的梦告诉给那个吉卜赛老妇人，并期望她可以告诉他这一切的含义。

　　　　选自《牧羊少年的奇幻之旅》

　　　　"这个梦我已经做过两次了，"他说。"我梦见我和自己的羊群停在草地上，这时候有一个小孩冒出来，开始和动物们玩耍……"

　　　　"再多说一点，"那个女人回答。

　　　　"然后突然之间，这个小孩握住我的双手，把我带到了埃及的金字塔。"

　　　　他停了片刻，想看看这个女人知不知道埃及金字塔在哪儿。但是她什么也没有说。

　　　　"然后在金字塔那里，这个小孩对我说，'你在这里会

　　① 保罗·柯艾略（Paulo Coelho，1947—　），巴西著名作家。从《朝圣》开始，18部作品陆续被翻译成71种语言，在160多个国家和地区出版发行，总计销量已超过1亿册，荣获国际大奖无数，被誉为"唯一能够与马尔克斯比肩，拥有最多读者的拉美作家"。由于影响之巨，2007年被联合国任命为和平大使。2009年，《牧羊少年奇幻之旅》以68种语言成为迄今语种最多的图书，打破《吉尼斯世界纪录》。

找到一批埋藏的宝藏。'正当她马上就要告诉我宝藏的具体
位置的时候,我醒了。每次都是这样。"

圣地亚哥被自己的梦迷住了。那个吉卜赛女人起初没有说什么,
她最终将告诉圣地亚哥,那个梦会引领着他穿过沙漠,走向埃及的
金字塔。在那里,他将找到宝藏。

现在来写一个你自己的梦。闭一会儿眼睛。你想起了哪个梦,
是昨晚的,上周的,还是更久之前的?把它写下来,随心所欲地写,
不要担心词句,只需要把能想起来的都记下来。

写一个自己的梦。限时五分钟。

现在停下来,读一读自己刚才写的东西。哪个意象能够引起你
的共鸣?哪个意象可以将你引向更深处——金首饰、贼、羊群、小
孩,还是埃及金字塔?挑出那个特别的意象。要记住,你是在寻找
那个能够带你进入未知世界,并让你展开故事的意象。

读一遍自己写下的梦境,选中一个意象。用几分钟的时间。

回忆

回忆是发现鲜活意象的第二种资源。回忆是你活到此刻的一切。
你遇见的每一个人,到过的每一个地方,生命中的每一段时光都与
你共生。哪段回忆在召唤你?是最近的经历,还是过往的事件?里

尔克在给年轻诗人的第一封信中说，"即便你身处某个围墙高筑、感受不到外界任何声响的监狱中——你不是还有那宝藏一般的童年记忆吗?"去寻找那些渴望复活的童年记忆吧。

再来看一下当代作家是如何依靠回忆来写作的。以下段落选自伊娃·霍夫曼的作品《翻译中的迷失：一种在新语言中的生活》。她在本书中回忆了父母在她 13 岁那年把她带到温哥华之前，自己在克拉科夫度过的童年时光。

> 选自《翻译中的迷失》之《天堂》
>
> 我舒适地蜷缩在超大的鸭绒被里，被面是手工刺绣的锦缎。房间的另一头是我妹妹的婴儿床。我能听见主卧里父母的呼吸声。那个女仆——为我们工作的乡下姑娘的继任——正睡在厨房里。这是在克拉科夫，1949 年。当时我只有四岁大，并不知道这种幸福是发生在一个刚刚被战争摧毁的国家里……我只知道我呆在自己的房间里，这对我意味着一切，天花板上的图案丰富得足以带给我满足感。

通过描写这段童年记忆，霍夫曼为读者塑造了一幅安宁幸福的画面：孩子偎在大鸭绒被里，房间里的其他人都在睡觉。她自己的卧房就是一切，天花板上的图案使她开心满足。

再来看迈克尔·翁达杰是如何在作品《诗人还乡》中回忆自己的童年的，其中描述了他重回斯里兰卡之旅。在这段短小的回忆中，他的描写不仅使蝙蝠的黑暗骑兵中队栩栩如生，而且对美丽女孩和父母倾听板球比分的描写也让人身临其境。

选自《季风笔记Ⅱ》

窗户上的栅栏并不总是管用。蝙蝠可能在黄昏入侵，美丽的长发姑娘可能会冲到房间的角落，把头藏在裙子里面。蝙蝠们会突然飞进房子（停留从来不超过两分钟），仿佛一队黑暗骑兵，在狼藉的餐桌上面打个圈，然后沿着走廊飞走。坐在走廊里的爸妈正努力试着听清短波收音机里BBC播报的板球比分。

栩栩如生的细节描写使读者仿佛看到并感觉到了蝙蝠在薄暮下入侵室内的场景。翁达杰是如何回忆自己的家的？窗户上的栅栏不管用，餐厅的碗筷没有收拾，父母正坐在走廊里一门心思听板球的比分。这些回忆通过作者充满视觉化细节的描述变得生动起来。

现在来写一段你自己的回忆。闭上眼睛，潜入内心。有哪段记忆跳出来了？回到你的童年时代。保持安静。当回忆开始显现的时候，把它写下来。不要思考，不要停下。让它带着你到该去的地方。

 写下一段回忆。限时五分钟。

五分钟之后，停下笔，读一读自己写的回忆。正如你在之前第五课记录梦境的时候一样，问问自己哪个意象引起了你的共鸣。究竟是哪个意象、哪些细节引起了强烈的情绪，或者复杂的情感？挑出那个特别的意象。

 读一遍你写下的回忆，然后挑出一个意象。用几分钟的时间。

周遭环境

　　周遭环境是获取意象的第三个来源。审视一下你所在的环境——室内以及室外。你想到了哪个意象？想象自己在房里溜达一圈。闭上眼睛。打开前门——可能正是门本身触动了你——环顾四周。是玄关，餐桌，起居室的东方挂毯，还是落地窗？是玻璃碗，还是锡盘？慢慢来，仔细地看。这是你生活的场景。有什么特别的东西引起了你的注意？

　　睁开双眼，想象你来到了室外。走进后院，看看果树，苹果树开花了，露出粉色的娇嫩花心。继续走到树林中，荫凉地，树影婆娑。继续向前走：藤蔓缠绕在树干上，小径上的鹅卵石，你的鞋底踩在上面的声音。哪种意象特别触动了你？

　　下面这个故事中的一个意象是我反复使用的：厨房里老旧的木桌子上的一只陶制水罐。

　　选自《寻金》

　　我刚从瓦宏斯出来，那是一家修道院，我在信徒开放日拜访了那里，谁知道路上一只蜜蜂飞进了我的车里。没有停下车来处理，我想要打死它，结果直接撞上了崖壁。我的车翻了两圈，我试着让自己从废墟里爬出来，手里还拽着我从修道院买的水壶——一只陶制水罐，是修女们制作的——水罐外面包着一层报纸。一辆救护车把我送到了日内瓦的医院。其实我并没有受伤，水罐也没有打破。

　　不过随着时间流逝，这只水罐上还是出现了一道裂缝，一条很细的线开始在平滑的灰色表面上现形。我还写过关于这只水罐的故事，写到内在的裂痕如何显现，如何让水罐变得易碎。

每当我在清晨走进厨房，都会看到这只水罐。我看着它，也看着那道裂缝越来越长。水罐变得很脆弱，我亦如是。那道裂缝始终对我诉说着什么。

回想一下我们在不同的环境设定中见识过的其他意象。伯吉尔德·妮娜·霍尔泽在日记中记述过的等待太阳升起的鹰："它的头面向着东方。"埃蒂·希尔萨姆在《被打断的生活》中写过的窗外修剪干净的树枝，"好像高大憔悴的苦行僧。"芭芭拉·金索尔在随笔《生命是珍贵的，抑或相反》中开头写道，她现在想要遍种耧斗菜，"为了时刻铭记。"罗伯特·布莱写到的松塔看上去像一小截没长出树冠的树干，"支棱着干巴巴的树皮。"

现在轮到你在周遭环境中找出一个意象，或者让那个意象自己找到你。闭上眼睛，回到你在屋内或屋外的漫步中。哪个意象在召唤你？慢慢来。一旦找到了那个意象，就要开始想象它，然后描绘它。让它引领着你，让它成其所是。

练习　描绘一个你周遭环境中的意象。限时五分钟。

跟随意象进入未知世界

你从现在开始要变身成一位点金术士。你要让意象引领着你进入未知世界。点金术的第一步是，燃尽一切非精华之物，也就是所谓的"加深"。虽然你不能真的把意象装入容器在火上加热，但是你可以这样想象。荣格将其称为"主动想象"，这是相对于有意识的白日梦而言。你可以清空头脑，然后进行一场主动想象——把意象置于舞台上，看着它演出——这就相当于让意象自己揭示自身的含义。

首先，选定一个意象。你已经找到了三个意象——一个来自你的梦境，一个来自你的童年回忆，还有一个来自你的周遭环境。哪一个让你感触最深？这个意象就是引领你深入未知黑暗世界的那一个。闭上眼，慢慢地进入。当你体会到那个意象时，动笔用几个词把它写下来。

 选择一个你的意象，然后描绘它。限时五分钟。

现在在这个状态里停留一会儿，特别留心这个意象，然后让它带你进入黑暗之中。为了帮助你，这里有一个我称为"曲径描绘"的练习。你可以在跟随意象进入未知世界的时候随手画一条路线。这条路线本身就是想象力的河流从稿纸的一端流向另一端的蜿蜒轨迹。我们习惯认为曲流是没有方向的，但是现在意识到，在看似随意蜿蜒的河道之下，还是潜藏着有规律的模式。

首先，把你的稿纸平放，在最左边写下你的意象的名称。然后，半闭双眼，让你的手随意游走——画出一条曲线——从意象名字那里一直画满整张纸。这就是你一会儿要加注词汇的路线。比如，如果我拿我的水罐的意象来做这个练习，我就会在左边写上水罐这个词，半闭眼睛，画一条曲线到右边，然后睁开眼睛，看着自己画出的路线，再根据有关水罐的经历在上面依次记下简要的文字。这条路线会使我的故事清晰起来。

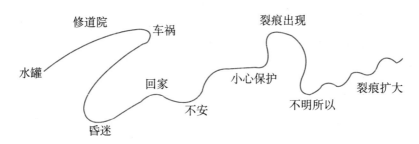

水罐意象的曲径图

在这条曲线开始的地方，一路上扬。然后我就撞到了山崖上。我把这些用几个字记下来。这时路线开始掉头向下。我晕倒了，陷入了昏迷之中。然后继续写到我带着水罐回家。路线在这一阶段起起伏伏。我很不安，但曲线还是小有上升。当裂痕出现的时候，这条线也跌落了下来。我不知道裂痕是从哪儿来的。这时曲线又开始攀升。我注意到那条裂痕越来越长。而我也跟着它的状态一同进退。我画的这条曲线刚好梳理了我的水罐的故事。

做这个练习之前，先来看一下特里·坦皮斯特·威廉姆斯是怎样让她自己跟随激流这个意象的。以下部分节选自她的书《红：沙漠中的激情与忍耐》（以下简称《红》）中《工人》一章。

选自《红》之《工人》

我被水流冲到下游，波涛击打着我，把我掀得头朝下。我在激流里抗争，晕头转向，水下一团漆黑，我屏住呼吸，屏住呼吸。我什么都看不见，但是我确信自己还可以浮上去，我相信我一定可以浮到水面，我继续屏住呼吸。河水的力量将我往下推，越来越深，越来越暗。我不能呼吸了，水压快让我受不了了，压力在发生变化，一种根本的变化。突然间河水改变了心意，我被一股间歇泉的力量推了上来。我浮出水面了，我可以呼吸了。重新回到水流中，缓慢移动，随波逐流，我的脸朝上，漂在水面上。还有其他人在我周围，我们被淤泥包裹的身体正顺流而下，脚尖指着下游。我们是这条河流的一部分了……

威廉姆斯把自己浸入波涛中。在激流里抗争，她越沉越深、越沉越深，直到河水改变了心意，她得以浮到水面上，顺势漂流。她成为了河流的一部分。

现在轮到你来画一条曲线。取一张稿纸，然后在最左端写下你的意象，从那里开始你的路线。先闭一会儿眼睛，然后慢慢睁开一点，让你的手在纸上画出一条长曲线。不要刻意控制方向。让它根据内在的动力，在半明半暗中流动起来。完成以后，审视一下自己画的曲线。回到你的意象，开始标注故事的发展，要让故事的走向领着你在曲线上走下去。它把你带到哪里了？向上？还是回到黑暗中？记下节点。故事发生了什么？你发生了什么？不妨给自己以惊喜。

画一条曲线，并按照意象的发展依次加注笔记。限时十分钟。

给你的这条曲线起一个名字，注明日期和地点。通过记下时间和当时的处境，你就可以监督自己，并且知道自己在何时何地曾经进行过最自由的写作练习。

聆听意象

在第一步"加深"之后，点金术的第二步就是"提亮"，也就是通过洗刷和净化蒸馏使之变亮。意象是怎样吸引你的？它向你揭示了什么？你要寻找意象中符号的重要性。这一符号在你的潜意识中意味着什么？我的水罐在向我诉说着什么？我已经数次写到它了，每一次都会进入潜意识的更深层次，每一次都有新的发现。

为了有助于找到意象的含义，你需要与之交谈，静心聆听。这也是练习主动想象的另一种方法：根据你的意象写一段对话。想象你向自己的意象提问，或者想象意象向你提问。下面的例子仍然选自保罗·柯艾略的《牧羊少年的奇幻之旅》。牧羊少年圣地亚哥在向风诉说自己在沙漠中遇到的东西。他想要风帮助他从沙里获得自己的钟情之物。

　　选自《牧羊少年的奇幻之旅》

　　"帮帮我，"少年说。"有一天，是你为我捎来了我所爱之物的消息。"

　　"是谁教会你说沙和风的语言？"

　　"是我的心，"少年回答……

　　"你不能跟我一样，"风说，"我们是两种不同的生命。"

　　"这话虽然没错，但是我在旅途中学会了点金术的秘法。内在于我的，有风、有沙、有星辰，有宇宙间的万事万物。"

在圣地亚哥和风对答的时候，他们在交换彼此的信息。想象一下对着你的意象讲话。问一个问题，并听听它的回答。把这段对话写下来。你可以从这个问题开始："你为什么在这里？"或者"你想要告诉我什么？"你可以这样向自己的意象发问。然后让它们来回答。也许它还会问你一个问题。要记住，你是在寻找意义。这就是点金术的第二步。一个净化蒸馏的过程。

练 习

写一段与自己的意象之间的对话。限时十分钟。

润饰打磨， 赋予意象表现力

在"加深"和"提亮"之后，我们需要学习点金术的第三步："增色"，这是一种新的境界。正是经过润饰打磨，你的意象才会变为闪亮的金饰。日记、随笔散文、小小说和诗歌都需要这种精益求精的过程。

下面举一篇短小的散文诗作为例子，得自于我由水罐这个意象进入黑暗的经历。

《裂痕》

在修道院，年轻的修女正在转动着制作那只陶制水罐，一次一圈。她默默地转动着水罐，把长长的盘旋上升的黏土塑造成型，越接近罐口的地方越小。双手像祷告那样呈杯状，将罐子仍然潮湿的表面抹平。

只是到后来，一道裂痕出现了。它沿着一圈圈的黏土一路向上延伸。就像一条细弱的血管，它把自己蚀刻在罐子的表面，从里面极深处，从造物者的静默中。

这是一首关于裂痕的散文诗，我在这个水罐的故事中增加了一些成色，打磨和深化了这个意象。这里有一种新的领悟，即裂痕来自于水罐的内部，也来自它的制造者的内心。

特里·坦皮斯特·威廉姆斯的作品《红》中也有一个"增色"的例子。在想象完激流之后，她走入了沙漠。这是一则她的日记。值得注意的是，她整本书的内涵都在这一页纸内说尽了。而这个开篇又是这一页纸的重中之重。其周边的空白地带，正邀请读者走进，并徜徉其间。

《开篇》

　　红石。心形石。血红色映着绿色。看看傲然的生命是多么富有激情，即便在这漫无边际的沙漠之中。一块红石躺在沙子里，就那么呆着。我不禁俯下身去，我的手仿佛受到感召一般握住了这一小块石头。我相信思想中的火种。

——日记一则

2000 年 9 月 8 日

一块红石躺在沙地里。它在召唤她，令她俯下身来。她弯腰捡起了一小块石头。她感到握在手里的就是思想的火种。一块桃心形状的石头。所以她在日记里将这一切写了下来。

现在轮到你为一个意象加入富有表现力的描写了。可以是一则日记，也可以是一首小散文诗。可以是一段回忆、一个梦，或者一段对话，就像柯艾略在《牧羊少年的奇幻之旅》中写的那种。慢慢地写，编织这一片段的过程就如同你在擦拭一件金饰一般。

 为你的意象赋予表现力。限时十分钟。

当你完成的时候，或者十分钟过去的时候，闭上眼睛，来为你写的片段加一个题目。这是属于你的金饰，是你作为点金术士沿着蜿蜒曲径所获得的想象。几天后，可以再找时间润饰打磨一下。

※　※　※

　　本课做了四个练习（写了一个梦境、一段记忆、一段周遭环境，还描述了一个能引起共鸣的意象），以及三个时间较长的习作（一次曲径描绘、一段对话以及打磨一篇作品）。你可以根据建议的时间来练习，也可以将这一课的练习在一个月之内做完。如果是这样的话，我建议你在第一周做前三个练习，然后第二周做第四个练习，与曲径描绘的练习结合来做。剩下的两个较长的习作在剩余两周内做完。

※　※　※

第 十 课

拼贴作品和回忆录

在一年通往作家路上的最后一种类型的拓展中，我们更需要在作品上多下工夫。正如爱德华多·加里亚诺对自己的书所说的那样，我们将会从许多片段开始——一小块一小块的材料最终组合成一个整体。我们会做一些拼贴的工作，无论是对于小说还是回忆录。不管你选择哪种文体，拼贴的手法可以同时运用于虚构写作和非虚构写作。这一年下来，其实你一直在写片段。在虚构作品中是：短篇故事、小小说、当代寓言、对白；在非虚构作品中是：日记、个人随笔、评论文章、游记，也包括对白。对于梦境写作来说，怎么界定它们是虚构作品还是非虚构作品呢？对于散文诗而言，它到底是算散文还是算诗歌，到底是算虚构作品还是非虚构作品呢？这恐怕是定义、类型、标签都派不上用场的地带。鉴于回忆录写法多样而且包含若干种不同类型的写作，我在本课会着重讲授回忆录的写法。但是请记住，写作生涯就是生活本身，而要写出生活是没有任何类型限制的。

拼贴的方式

《韦氏大辞典》中对"拼贴"的定义是："一种通过镶嵌多种色彩、质地的小块以组成图形或者图案的装饰方法。"在像拼贴一样创作散文的时候，作家会把不同的记忆片段当做拼贴的装饰材料。你需要为此寻找不同的色彩和形状。你移动它们的位置以获得不同的图案组合。你借由它们组成了生活的画面。你可以以这种归纳和联系的方式进行创作。

在一次作家指导研讨会上，弗兰克·迈考特说过，年复一年，他都在鼓励他的学生们去写他们自己和他们家庭的故事，即便是他自己的书，也是从拼凑素材开始的。他曾经有一个作品写了 30 年之久，而且期间不断进行修改，这简直令人瞠目。迈考特解释道，这样，你就会获得一种个人化的口吻风格。"就像小孩开始学习说话。我在笔记本里记了大量素材，然后不断地回看这些素材，这就会引向一种拼贴的方式……我只是把这些片段整合在一起。"这种个人化的口吻风格加上拼贴的方式，在他写自己的回忆录《安吉拉的骨灰》的时候都得到了运用。

让我们再来看几本书，包括虚构作品和非虚构作品，都以拼贴的方式写成。第一本兼有虚构与非虚构的特征，即艾丽斯·沃克的《心碎的前路》。这本书开始于一个故事，"在现实中融入了虚构成分，"艾丽斯解释说。这本书描写的是她与来自不同文化背景、不同肤色的丈夫共同在充满暴力的美国南方腹地密西西比州的生活。她接下来想象了随那段婚姻而来的，在现实生活之外的故事。这些故事大部分是虚构的，但是创作的基础是她本人的生活。

迈克尔·翁达杰的《诗人还乡》是我们上一课刚讲过的作品。翁达杰从一个梦境开始：他发现自己身处斯里兰卡的丛林中，在寻找父母的踪影。通过结合旅行见闻、个人随笔、对话、诗歌、回忆，甚至还有一章取自古代岩画的内容，翁达杰创作了一部感人的拼贴作品，不仅对于 40 年前的斯里兰卡和他的父母而言是这样，对他自己而言也是这样。

劳拉·埃斯基韦尔的《水对巧克力的作用：一部包含食谱、浪漫故事和家庭疗法的小说》，是一部通过拼贴手法写成的虚构作品。这本书分为 12 个部分，并以一年的 12 个月命名。每一部分都由主人公提塔记忆中或者想象出来的一份食谱开始。小说描绘了每一道菜的准备过程，并将之与提塔的生活联系在一起。埃斯基韦尔把每一种食谱都写在边栏里，仿佛是在展示创作小说的这种拼贴方法。

　　安妮·狄勒德的《眼下时光》是一部非虚构作品，作者将沙砾的自然史、云彩的分类、新生儿的统计数据、德日进（Teilhard de Chardin）的故事、一次去耶路撒冷的旅行，以及一系列事件编织在了一起。狄勒德试图去理解不可测度的神秘生活。在作者的笔记中，她写道，渐渐地所有这些不同的场景、真实的故事、事实和想法变得使人感到熟悉，并且它们最终一起展示了一幅今天她所目睹的世界的复杂图景。

　　与之类似，玛格丽特·艾特伍德[①]的《与死者协商》也是一部非虚构作品，从过往的许多同类作品中继承了相应的形式。这种大杂烩式的引用方式扎根于她的头脑。她解释说这本书的章节组织并不是线性的；每一章并不直接与下一章相关联。然而，它们都围绕于一系列共同的主题——作家，她所要使用的媒介，以及她的写作技巧。

　　还有许多以拼贴方式写成的，兼有虚构与非虚构特点的例证。比如在虚构领域，有诺贝尔奖得主高行健的《灵山》，作品从三种不同的视角出发，将古代中国历史、民间传说、童年记忆、关于"文化大革命"的回忆，以及对一群流浪汉的描绘编织在一起；还有安妮·麦珂尔斯的《漂泊手记》，写的是两代男人之间的一系列连锁故事，以诗情画意、植物科学以及艺术联结了现在和过去；再有苏珊·弗里兰的《蓝色风信子女孩》，通过八个相关的故事，反复围绕维米尔的一幅画作展开叙述，并不断回溯。

　　在非虚构领域，有特里·坦皮斯特·威廉姆斯的《跳跃》，这是一部崭新的混合作品，结合了回忆、梦境、生活经历、印象，并且

---

　　① 玛格丽特·艾特伍德（Margaret Atwood，1939—　），加拿大女诗人、小说家、文学评论家。作品超过 25 种，其中《盲眼刺客》荣获 2000 年布克奖。

反复谈到希罗尼穆斯·博斯[①]的画作《人间乐园》；还有詹姆斯·麦克布莱德的《水的颜色》，交替出现母亲和儿子的声音，将两个故事并列推进；再有凯瑟琳·诺里斯的《回廊漫步》，以日记体记述了她隐修一年的生活，以及关于寡居、音乐的小散文，还有对于不断冥想以及信仰的部分。

无论你是在小说还是回忆录中运用拼贴的形式，这都可以作为一种把不同的写作素材整个成一个综合体的方式。当你寻求写一些更长篇的作品时，你要记住作者同时也是读者。记得埃米·克兰皮特说过，作家们不可或缺的一样东西就是前辈的作家们。所以去读吧！我们可以从安妮·狄勒德、玛格丽特·艾特伍德、高行健、凯瑟琳·诺里斯，以及许许多多其他优秀的作家那里学习，他们也在等待着被发现与被分享。弗朗辛·普罗斯在她的作品《像作家一样阅读》中说过，"在成为作家的过程中，我翻来覆去地读那些我最爱的作家的作品。"

接下来，在我们更细致地学习若干拼贴式回忆录的例子之前，不妨先来回顾一下回忆录本身。它是什么？它是如何进行的？

回忆录简介

回忆录探索的主题是对自身以及世界的定义，试图将生活经验纳入故事中，纳入个人神话中。荣格曾经发问，"什么是你的个人神

---

① 希罗尼穆斯·博斯（Hieronymus Bosch，1450—1516），荷兰绘画大师，北方文艺复兴的代表人物。博斯出生于绘画世家，父母分别是荷兰人与德国人。他多数的画作描绘罪恶与人类道德的沉沦，图画复杂，有高度的原创性、想象力，并大量使用各式的象征与符号。博斯被认为是20世纪超现实主义的启发者之一。他的《人间乐园》现藏于西班牙普拉多美术馆，是该馆的镇馆之宝之一。

话？——你生活于其中的神话?"什么是你的世界观？你怎样在生活
中践行这种世界观？简单地说，什么是你的生活意义？回忆录就是
对生活经验的记述，并试图从这种记述中找出生活的意义所在。

在当今世界，人们需要确证，迫切想要分享真实生活中的故事，
需要从他人的经验中学习。正是通过回忆录——通过写作回忆录和
阅读回忆录——我们得以发现彼此的共性，我们与他人的同一性，
以及我们共同的人性。当你每一次在生命中发现意义，你都对人类
生活贡献了更大的意义。你通过日常的个人生活，也触及了外在的
普遍生活。

西方世界的第一位回忆录作者是圣·奥古斯丁。他的《忏悔录》
写于公元 397 年，他借由回忆来抵达更深层次的自我和神性。"我到
达了记忆的领地，那里是官觉对一切事物所感受而进献的无数影像
的府库。"正是在这些记忆的殿廷里，奥古斯丁遇到了自己并且得以
接近了他的造物主。"请看我正在跨越自己的思想向高于我的存在靠
拢。"他所写的并不是自己的生活史，记述这种生活的动力是源于他
对上帝的追寻。

自传和传记的不同在于：自传是一个人的生活史，而传记是他
人的生活史。回忆录，是透视一个人生活的窗口。作家要选择自己
的透镜。圣·奥古斯丁选择了他的透镜——对上帝的追寻——并且
通过选择回忆强化了这种追寻。他从自己的童年写起，希望通过回
溯记忆发现上帝可能存在的地方。哪些回忆能够引导他理解自己的
神性呢？在分享这些选择出的记忆的时候，圣·奥古斯丁也分享了
他所关注的神性，启发了读者，启发了人类。

回忆录的精髓，就在于作者对于意义的找寻以及读者的共鸣。
传记作家对待读者就像朋友一样，他会通过讲述创造一个与读者共
处的空间。读者想要知道传记作家是如何在他的生活中创造意义的，

因为他们也想在自己的生活中这样做。下面的节选引自莫林·默多克最近的新书，《不可信的真相：回忆录和记忆》。

选自《回忆录和神话》一章

三个夏天之前的一个清晨，当我在瑞士拉维津地区周边的干草地散步的时候，我遇到了一个正在遛狗的女人。我们慢慢走到一起散步，她问我现在是不是呆在作家训练营。在得到我肯定的答复之后她又问我都写些什么。我有点警惕，只是含糊地说自己在写回忆录和隐喻作品一类的东西，希望她不要再就这个话题追问下去。因为对我来说，我不太想讨论正写到一半的东西。不过跟我想的不一样，她立刻问的是，"你知道约瑟夫·坎贝尔①么？"……当时是早上七点，我开始跟一位来自伯尔尼，曾经利用在印度工作的时间研究过神话的瑞士经济学家讨论神话学！

事实上这是因为我们都处在不断变化的文化现状中，生活在各自的境遇里，穿越大陆、远离我们的家庭和爱人，所以我们强烈地渴望归属，无论是有意识地还是无意识地。通过阅读回忆录，或者只是坐在讲授回忆录写作的课堂里，听着其他人的生活，就可以带给我们一种关于自我生活的透视感，以及对于某个集体的归属感。如果我写出我生活中的某种经历，并且在反思的时候刚好触动了你生活中的经历，那么我们彼此就建立了情感联系……一种对于我们双方来说都是更深层次的东西。

---

① 约瑟夫·坎贝尔（Joseph Campbell，1904—1987），美国著名的比较神话学家，也是一位极具启发性的导师、演说家和思想家。他深入研究世界各地文学与民间传说中的神话原型，建构了当代神话学理论的全新体系，代表作有《千面英雄》、《上帝的面具》等。

　　默多克在这里写出了回忆录如何使我们与集体建立联系。但是这种联系可能只会发生在回忆录的作者充分运用自己的能力，并且有意为之的情况下。当我们审视默多克这本书的书名《不可信的真相：回忆录和记忆》，或者威廉·津瑟的《创造真相：回忆录写作技法》的时候，我们都倾向于相信回忆录作家是会创造记忆的。这是错误的，回忆录作家不可以虚构经历，也不可以虚构记忆。然而他的确是只选用他记得的经历。不同的人可能会记得经历中的不同部分。津瑟解释说他之所以选用这个标题，就是有意突出这一点。因为当他采访不同的回忆录作家的时候，他意识到作家所写的回忆录实际上是他或她对于自己生活的剪辑，是"对那些大量的记不太清的事件套用一种叙述模式"。这样，也就等于创造了真相。在这一点上解释清楚非常重要。正如我在第二课中写过的，在处理个人随笔的时候，非虚构作家会尽一切努力去争取还原他们的所见所感。非虚构作家务必保证他们写的东西确实发生过，而不能去创造那些没有发生过的东西。

　　当然，记忆的有效性既有赖于真实，也有赖于作家的想象力。为了易读且有欣赏性，回忆本身需要充满生气，这样才能引起共鸣。回忆录作家帕特里夏·汉普尔在她的文章《非说不可》中讲到了记忆和想象力不可避免的交织："想想这是多么可怕的一件事情，在回到记忆中的房子里的时候，发现时光已经偷走了所有的家具，只能找到唯一记得的一把椅子。所以我们只能据实写这把椅子，但是可以把它写得异常巨大，异常深刻，以至于充满了整个空荡荡的房间。"我们可能确实只记得这把椅子，然而我们可以充分施展想象——异常巨大，异常深刻——直到它充满了整个房间，甚至充满整栋房子。在写作回忆录的过程中，记忆与想象力是携手互助的。

　　诗人沃利斯·王尔德-梅诺兹在她的回忆录《母语：一位美国人在

意大利的生活》中讲到了回忆录的另一个要素：回忆录的背景设定。梅诺兹认为，如果不写她的家庭生活以及帕玛强尼（Parmigiani）自己的历史，她就没法描绘自己在帕尔玛的生活经历。她的写作从经历中来，不仅提供给读者如何面对不同文化的观点，同时也提供了看待意大利之美丽与人文的视角。在《面包》这一章中，即便是小小的、只有一个男人拳头大小的米卡面包（micca，帕尔玛地区的一种面包），也是过去与现在的关联——"一天中能够见到多次，以这种方式，它唤醒了大众，在城市许许多多的教堂中，道着早安和晚安。"

　　回忆录作家所寻找的不仅是自己，更是整个世界。加夫列尔·加西亚·马尔克斯[①]在回忆录《为小说而生》中为读者提供的不仅是他早年生活中大量的记忆场景，而且有大量的民族历史。马尔克斯在开篇写道，"生活并不是我们的当下，而是一个人所记得的，以及一个人是如何为了讲述它而去记得的。"

　　埃利·威塞尔[②]的回忆录《黑夜》是可怕的记录，记述了先在奥斯维辛后在布痕瓦尔德的岁月，期间他经历了家人的死亡以及内心纯真的消亡。威塞尔将他的愤怒化为了作品。在序言中他写道，如果此生他只能写一本书，那将会是《黑夜》。随后他自问为什么要创作这本书。是为了避免陷入疯狂，还是为了理解疯狂而经历疯狂？是为了留下传世佳作，或者留住记忆，还是只是简单地为他的幸存做一点记录？如果是这样的话，为什么非得是他而不是其他作者？威塞尔回答道："既然有幸活了下来，我就要为我的幸存赋予意义。"

---

　　①　加夫列尔·加西亚·马尔克斯（Gabriel García Márquez，1927—　），哥伦比亚作家、记者和社会活动家，拉丁美洲魔幻现实主义文学的代表人物，20 世纪最有影响力的作家之一，1982 年诺贝尔文学奖得主。

　　②　埃利·威塞尔（Elie Wiesel，1928—　），出生于锡格盖特（Sighet）的犹太人聚集区，后加入美国籍。由于出色的写作，他成为大屠杀文学最有代表性的人物之一，曾获 1986 年诺贝尔和平奖。

为了给经历赋予意义。这就是创作回忆录的理由。

拼贴式回忆录范例

在开始练习你自己的拼贴作品之前，先来看以下几个例子。在创作《环绕中心》的时候，我想要关注我生命中的不同阶段、不同时刻，当时我感到有种沉默祷告者发出的强烈召唤。但是我不想从出生开始一直写到一把年纪。于是这本书就从描写一朵花开始，也就是我写的那篇散文诗《梅花》。我决定一共写五章，每一章就是一朵花瓣。我根据不同的精神传统加入了传奇色彩。我一直通过归纳和联系进行创作。我在文中加入了照片和图画、曼陀罗以及版画。这确实是一部拼贴作品。

来看一下伊莎贝尔·哈甘是如何丰富她的回忆录《归属》的。这部作品也是由片段组成，和诗歌中一节一节的写法一样。全书核心是一座老石头房子，Mas Blanc 白葡萄酒，坐落在法国南部的葡萄园里。以下段落取自名为《火》的章节，其中哈甘集合了对于火的记忆，并且将其与四季联系起来，每一季都写了不同的部分。下面是对春天部分的回忆。

选自《春天的火》部分

在橄榄园的一角，我们正在焚烧去年秋天清理路边灌木时留下的干树杈，我们点着一小堆火，不时往里面扔些新砍下来的树枝，享受着火焰从油滋滋的嘶嘶声到劈啪作响的变化。陈木散发出一股蒸汽似的白烟，但是橄榄枝烧起来又黑又腻，下午期间，火焰里还升起了一种咆哮般的声音，感觉那团火的心中好像住着什么有野性的东西，我想我最好还是去打一桶水，"以防万一"……

我一路跋涉过丛生的荆棘，来到开满紫罗兰和野水仙的河岸边，就在弯下腰想要取水的时候，看到了平静水面上我的倒影。我有一种强烈的、曾经做过这件事情的感觉，如果不是现实发生过，那就是在梦里。在提着水桶回来的路上，我穿过野鸢尾花和黑刺李，停下来抬头看到对岸矗立的白杨树，它们的新叶映衬着蓝天，闪着淡淡的黄铜色。我感到自己就是这片土地的一部分。

哈甘将事件与回忆编织在一起。我们可以清晰地感到其中个人神话的特征。作者在法国南部探索着生活的意义，循着故事回溯到时光中。

在爱德华多·加里亚诺的《皈依之书》中，这种拼贴的方式更加明显。在这本书中，加里亚诺将警句、诗歌、轶事、梦境、游记、政治评论和自传以一种他自己的超现实手法综合在一起。在杂志《第四种类型》（2001 年秋季刊）的一次采访中，加里亚诺解释说，"我现在正在写的这种片段，可以覆盖所有被解构的细小现实，以至于每一部分都因其细小精致而得以反映整体的普遍性。"他从异常简练的文本开始，慢慢地将其以它们自身想要的样子整合在一起。"这是自为之书。"我们都向往这一过程的发生。下面是加里亚诺写的一个片段。

《假日》

阳光温煦，空气清新，万里无云。埋在沙地里，陶锅还在冒着蒸汽。在从海洋到我们嘴里之前，这些虾经过了费尔南多的手还有典礼官，他会让它们在盐、洋葱汁和蒜汁混合而成的圣水里受洗一下。

　　好酒伺候。大家围坐一圈，朋友们分享着佳酿和海虾，波光粼粼的大海在我们的脚边荡漾着。

　　此情此景，幸福已经刻入我们的记忆中。它仿佛永远不会终结，至少在我们的记忆中不会。甚至我们也不会终结，因为初吻的感觉与再来一杯酒的快意是永恒的，这一点人人都了解，但却往往意识不到。

　　通过回忆沙滩上的野餐、与朋友们分享美酒和海鲜，加里亚诺写出了萦绕于读者脑海和想象中的美好画面。原书中每一个片段都是另起页写的，给读者足够的空间以进入陌生而富有寓意的世界。加里亚诺在那次访谈中还谈道，在写这些回忆的时候，有时候感觉是在写小说。"因为真实即使在夜里沉入睡眠也是在持续上演的，或者它只是假装睡着了，然而真实拥有魔法，也有让人发狂的能力……"

　　现在轮到你了。如果你已经开始写回忆录，你可以使用随后的练习来让自己的作品走向更清晰。如果你只是刚刚开始，请放慢速度，仔细做每一个练习。另外，无论你的写作进行到了哪一步，都要记得里尔克的话："万事皆需孕育方能诞生。"所以不要着急。享受这种挑战。发现你自己的故事——你所生活其中的个人神话。

回忆录写作入门

透视生活的窗口

　　我们提到过，回忆录是进入生活的一扇窗口。正如一栋房子有许多窗户一样，我们的生活也是这样。所以我们可以写很多的回忆录。我自己就曾经写过关于梦境、关于祷告者、关于在欧洲抚养孩子的不同的回忆录。这就是三个不同的窗口。其实还有更多可以写。重要的是你需要找到你想写的是哪个窗口。你对什么有热情？如果是约瑟夫·坎贝尔的话，就会问什么是你的天赐之福？你生活中的哪一部分会召唤你进行自我反思？深入地想一想这个问题。你的回忆录的主题会是什么？

如果你已经开始写回忆录，可以直接看后面的练习。

如果你只是刚刚开始，回到你的记忆中，或者回到日记中，看看在阅读这本书的过去的九个月中你都写过些什么？读一读你的日记，你的梦境，你的随笔，你的散文诗。哪种意象、哪个故事触动了你？此刻你就是点金术士。你要找到黄金，找到你想在回忆录中描写的东西。慢慢地想，然后再来做这个小练习。

 你想要打开哪扇进入你生活的窗口，对此写几句话。限时五分钟。

窗子的框架

就像窗子要有一个框架，回忆录也是这样。你会给自己的回忆录设定哪种框架呢？你怎样限定所包含的内容呢？在特里斯汀·雷纳的作品《新自传写作》中，她列出了可能的限定框架，这一目录还附带有示例。以下就是其中一部分目录，我同时加入了自己的更动。

——生命中的一个阶段：拉塞尔·贝克的《长大成人》，马雅·安琪罗的《我知道笼中鸟为何唱歌》

——背景设定：安妮·狄勒德的《溪畔天问》，吉尔·克尔·康

韦的《库伦来时路》

　　——特定主题（心理，状态，或者精神）：威廉·斯泰隆的《可见的黑暗》，特里·坦皮斯特·威廉姆斯的《红：沙漠中的激情与忍耐》

　　——家庭：帕特里夏·汉普尔的《浪漫的童年》，维维安·高尼克的《狂热依恋》

　　——语言：爱丽丝·卡普兰的《法语课》，沃利斯·王尔德-梅诺兹的《母语》

　　——反思：C.G.荣格的《回忆·梦·思考》，埃蒂·希尔萨姆的《被打断的生活》

　　——旅行：保罗·泰鲁的《铁路大集市》，W.S.默温的《夏日门廊》

　　——日记：伯吉尔德·妮娜·霍尔泽的《在天堂与人间漫步》，梅·萨顿的《孤独日记》

　　——选集：艾丽斯·沃克的《我们的所爱终将得救》，芭芭拉·金索尔的《小奇迹》

　　想象一下你自己的窗子：它有怎样的框架？是你生命中的一个阶段？一个地方？一个主题？一系列思考？一次旅行？一段家庭史？一个选集？

　　对于琼·迪迪翁的《狂想的一年》① 而言，窗口（或者说主题）

---

　　① 琼·迪迪翁的丈夫约翰·格里高利·邓恩（John Gregory Dunne）也是著名作家，两人曾合作编写过许多电影剧本。邓恩与迪迪翁不仅是生命爱侣、工作伙伴，更是思想与心灵上的知己。2003年末，迪迪翁的丈夫猝死，她在2004年12月写完此书，期间两人的独生女也在异国遭遇重症，迪迪翁一夕之间从成功的文艺偶像成为孤独的七旬老妇，长达一年多陷入哀恸与奇想之中，直到2005年末出版回忆录《狂想的一年》，叙述她对于生命、死亡、爱情与亲情的困惑与思考。此书出版后，立即跃上各大排行榜畅销书，被书评家推崇为"伤恸文学的经典之作"，并荣获2005年美国国家图书奖等各大奖项。

就是 2003 年平安夜前夜她的丈夫约翰突然辞世的那个晚上。作者有意使那"生活瞬间天翻地覆"后的几周和几个月的时间变得有意义。这本书在回忆与思考之间不断游走。框架就是那一整年的日子。正是在这一结构的统御下，迪迪翁得以探索婚姻、探索生活，在这段最合适也是最糟糕的时间里。

写几句话描述窗子的框架，你的回忆录的框架。限时五分钟。

包含的部分与排除的部分

津瑟的《创造真相》一书中包含安妮·狄勒德的一篇散文《潮文写作》，文中谈到，作家的任何作品，尤其是非虚构作品，必须要决定包含什么和去除什么。当她在写《一个美国人的童年》的时候，她问了自己一个问题：我正在写什么？答案是这是一部关于童年激情的作品。这是一部关于一个孩子的内心生活以及她日益形成的对于世界的认识的作品。正是因为这样，她回到了自己的童年记忆中，写了她与自然的关系，匹兹堡及其周边的世界，以及她的父母。同时，她没有写当时的社会背景，在怀俄明州的暑假，与不同年轻小伙的探险，或者任何干扰她的家庭生活的部分。这就是她的取舍。

这带来了另一个重要的问题。当你创作非虚构作品的时候，你是否在意你身边亲近的人？你是否会把作品给那些出现在你笔下的人看？这对每个作者来说都是一个选择。狄勒德对此有自己的答案。她去除了所有可能会干扰到她的家庭的部分，不过给所有她写到的人都看了她的作品。

现在来想一下你的故事适合怎样的框架。想想那些梦、回忆、经历和思考。还要再考虑一下你可能会用到的不同的写作形式：日记、个人随笔、旅行见闻、对白、散文诗以及各种片段。当然还可以加上照片和图画。凯瑟琳·诺里斯在她的回忆录《达科他》中还加入了多次天气预报。保罗·奥斯特的《孤独及其所创造的》[①] 是一部关于他父亲的回忆录，他用以下寥寥数语给读者勾画了一幅他父亲的生动肖像：

> 选自《孤独及其所创造的》
>
> 他双手的尺寸。手上的老茧。
>
> 把热巧克力表层的衣吃掉。
>
> 柠檬茶。
>
> 散落在屋子各处的黑框眼镜；橱柜上，桌子上，浴缸边缘——总是没遮没盖，放在那儿就像某种奇怪的、未被分类的动物。
>
> 看着他打网球。
>
> 他走路时膝盖不时弯曲的方式。
>
> 他的脸。
>
> 他和亚伯拉罕·林肯的相似性，以及人们如何经常对此加以评论。
>
> 他对狗的毫不畏惧。
>
> 他的脸。又一次，他的脸。
>
> 热带鱼。

尽管他父亲是一个极度内向孤独的人，但奥斯特通过这几条特征描绘，使得父亲的形象跃然纸上。读者仿佛看到了他，也了解

---

① 此书由浙江文艺出版社于 2009 年出版，感谢译者 btr 先生概允引用书中段落。

了他。

　　仔细考虑一下这种罗列方式。要有创造力。想象一下你能包含的所有不同的部分。不要不敢碰某些原创的东西。大胆地加入它们。

　　现在来想想哪些部分是不那么合适的。对自己苛刻一点。哪些部分其实更适合其他的框架、其他的回忆录？即便这些故事是你认为最棒的部分，如果它们不适合这个框架，那就放弃它们。不要担心，如果最终你将它们派上了更好的用处，你会更高兴的。

　　将你包含的部分与排除的部分列一个表。限时五分钟。

结 构 模 板

　　还有一个要素需要考虑：不同部分的结构模板。W. S. 默温的《夏日门廊》写的是他 1948 年的第一次出国旅行。这让他有幸去发现，去领略，去感受那些"古老的不可测度的生活"。他的回忆录从一个门廊转到另一个门廊。凯瑟琳·诺里斯的《回廊漫步》描绘的是本笃修道院的宗教世界，她在那里进行过两期修行。书中的某些章节也涉及她离开修道院回到家里与家人团聚、工作，以及她在家生活的部分。当然书的内容总还是回到修道院，因为这里是诺里斯使万物归一的地方。凯伦·阿姆斯特朗[①]的《旋梯：迈出黑暗》的结

---

　　① 凯伦·阿姆斯特朗（Karen Armstrong，1944—　），英国作家，评论家。曾在修道院修行七年之久，后到牛津大学学习并获得博士学位。她是英国最负盛名的宗教评论家之一，同时也是穆斯林社会科学协会的荣誉会员。其著作有《穿越窄门》、《初创世界》、《圣战》及《穆罕默德》等。

构呈螺旋式，从"魔鬼的楼梯"再到"不断回旋"。文中最后的句子还使人看到她正在攀援向上：虽然有所反复，但她抱有希望，向着光明前进。

你会使用什么样的结构模板来将回忆录的不同部分组合在一起呢？可能以一年 12 个月的方式；可能以城市街道的方法来划分；或者是一个大市场。想想颜色：会不会有一种颜色把回忆连在一起？就像花园里有各色各样的树木和花草。想想寻宝：你是一次找一段回忆吗？你的回忆是围绕着同一个中心吗？不妨给惊喜留些空间。在你创作回忆录的时候，新的结构也许会自动添加进来。

 写出你可能会用到的结构模板。限时五分钟。

想象拼贴的方式

既然你已经找到了自己的窗口，限定了框架，做了列表，并且找到了结构，你便已经做好想象拼贴方式的准备了。我建议你先来画一画这个过程。

拿一张纸，画一个长方形。这就是你的拼贴画的外框。有一次我的一个学生带到课堂里一块拼板，她在上面列出了她回忆录中所有不同的部分。她之前就上过我的课，有过这种经验——那个冬天她一直琢磨这块板和上面的小方块（每一块都有不同的颜色、不同的形状），把它们移来移去，直到找到她想要的设计和组织方式。

记住，你现在是在想象拼贴的方式，一种把各种各样不同颜色质地的小块镶嵌成一幅整体图画的装饰工艺。尽情地尝试。不要只是排出一条线。要富于想象力。你可以使用铅笔，这样易于修改或移动意象的位置。或者使用便利贴更好，你可以边移动它们边和它们做游戏。给不同的部分、意象、回忆、故事安排位置，看看它们究竟属于哪里。

　为你的拼贴画画一个长方框，把回忆录中的不同部分放置其中。限时十五分钟。

　　现在是时候来描绘你的回忆录了。如果你已经开始动手创作，可能已经写了好几章了，那么这个练习可以用来想象如何写作品介绍。你会怎样向读者介绍你的回忆录？你会与他们分享什么？哪些是最重要的？握起读者的手，引领他进入你的回忆录吧。

　　如果你只是刚开始想要创作一本回忆录，那么这个练习可能成为你的一则日记，你会依此记下你想要写的东西。你想要写哪个可以透视你生活的窗口？主题是什么？框架是怎样的？你想要包含哪些部分？诚实面对，深入其中。你会使用哪种结构模板将不同部分组合起来？回忆一下梅·萨顿写过的一路向下深入母体的感受。你真正想要表达的是什么？哪些"黑点"是你想要深入挖掘的？

　写一篇一页纸的文章，可以是你对回忆录的一篇介绍，也可以是你对想要创作的回忆录写的一则日记，限时十分钟。

　　当你既有了拼贴画的蓝图，又有了对于自己回忆录的描述（可以再想象和考虑一遍），你就该给回忆录起一个题目了。然后在后面写上你的大名。如果你身处一个作家工作室，可以和每个人分享对这个题目的感受，然后说出自己的名字。如果你是一个人，那就深吸一口气，然后将这个题目大声念出来，你的名字也要接着念出来。这是一种对你的促进，让你不能后退。这是你以自己的方式向你的回忆录、向这段写作生涯致敬的过程。

※　※　※

这些练习可以在建议的时间内完成，也可以延伸至一个月的跨度。如果是后一种情况，你可以在第一周先做前两个短练习（关于窗子和框架的），然后在第二周做后两个（关于结构模板和不同部分的）。在第三周，你可以安排设计拼贴画，然后在第四周写一段介绍或者一则日记。

※　※　※

作品修订

每一种写作类型都不可避免要修订，所以我们应该在这一年学习的最后阶段考虑到这一涉及评论的层面。马克·吐温曾经说过，"恰当的词和差不离的词之间的区别就像灯光和萤火虫之间的区别。"在这一课，我们要去追寻光源。

谈到修订，海明威说他把《永别了，武器》的结尾重写了39遍，方才满意。弗拉基米尔·纳博科夫那些自创的修辞简直是神来之笔，然而他修订过曾经发表的每一个字，而且不止一次。马克·斯特兰德，前桂冠诗人，说他自己的诗稿在完成之前通常要经过四五十稿。"我喜欢修订的过程，我不信任任何冲动自发的东西。当然这只是我的方式。"

修订意味着校正，改写，重新审视作品。这跟编辑不一样。编辑是在修订之后进行的，只有先有一个经过校正的作品才需要对此审阅检查。本课会提供一个建议性的修订清单，包括在最后一步需要用到的编辑列表。

为了学习这一课，你需要从已有的创作中选一个作品作为贯穿这章修订的基础——一篇散文，一篇短篇小说，一则日记，一篇散文诗，或者取自小说或回忆录的一页纸长度的文章。最好不要多过两三页纸的篇幅。

我们会根据清单，一次讨论一个要素，来检查你作品中这个特定的方面，像激光扫描一样查找其中的弱点。然后我们将进行修订和润饰。再之后才需要编辑。

不要忘记海明威、纳博科夫和斯特兰德关于修订写过的话。雷蒙德·卡佛①也是如此，有时候同一个故事要改上多达20遍。在乔

① 雷蒙德·卡佛（Raymond Carver，1938—1988），美国小说家，诗人。被誉为"美国20世纪下半叶最重要的小说家"和"极简主义"大师，是"继海明威之后美国最具影响力的短篇小说作家"。《伦敦时报》在他去世后称他为"美国的契诃夫"。1979年获古根海姆奖金，曾两次获国家艺术基金奖金。1988年被提名为美国艺术文学院院士。

治·普林普顿编辑的《作家小册子》中，卡佛说自己最喜欢不过的就是拿过一个故事来，然后开始"把它重新修改一遍"。他告诫读者要记住，伟大的作家几乎都是永无休止地在修订作品。他还引用托尔斯泰作为例子，因为托尔斯泰在船上还在修订《战争与和平》。卡佛认为这一点会激励每一位作家。

所以请尽情享受这一章的内容吧。我自己也同样享受修订的过程。你可以将下面的清单同时应用于虚构作品和非虚构作品，对于诗歌而言也是适用的。

修订清单

1. 开头和结尾

——第一段（第一句话）能够吸引读者的注意力吗？

——作品的整体架构如何？开始得太早或太晚？或者结束得太早或太晚？

——开头和结尾匹配吗？有没有伏笔？

——有没有一种问题得到解决的感觉？（主人公发生转变/新的含义出现)？

——是封闭式结尾还是开放式结尾：结束后仍然意犹未尽？

2. 描写（人物性格和场景设定）

——每一个场景设定都有助于故事发展吗？

——现场感！描写是不是生动、独特？能否打动人？

——人物形象生动鲜活吗？

3. 对白

——对白是否强于人物和故事？

——对白是否有助于强化文风？

——每个人物是否都有独特的声音？

4. 叙事技巧，张力/冲突

——在对立的场景、人物和对话中是否存在张力？

——有没有运用叙事技巧，有没有"正向流动"（profluence，约翰·加德纳语）？

——情节的跌宕起伏配得上故事吗？

5. 联想，明喻，暗喻，象征

——有没有中心（主导）意象？

——有没有比较（明喻/暗喻）？

——有没有深度联系和置换（象征）？

6. 类型和样态，谁的故事，视角，风格，节奏，口吻

——作品样态适合这个故事吗？类型/子类型对于故事来说合适吗？

——这是谁的故事？

——是以什么视角讲述的？

——风格对于主题来说恰当吗（诗意的，说教的，幽默的）？

——节奏一致吗（扫读长度，用词，重复）？

——作者的口吻是不是饱满、连贯的？

7. 主题和内涵

——主题（主旨）是什么？

——有没有混乱？作者的思路清晰吗？

——有没有带来新的觉知（乔伊斯所谓的"顿悟"）？

——为什么这个故事是重要的？

其后，一旦作品被修订完，就可以进行最后一步：

8. 编辑

——题目（标题合适吗？能抓人眼球么？）

——篇幅（太短/太长？）

——句子和段落（多样化/单一化？）

——动词（主动态/被动态？避免用动词"是"）

——冗词（副词，形容词，陈词滥调，生僻词汇，口头禅，对话标签①）

——视觉效果（段落的安排，留白）

——一致性校对，标点，拼写

两段节选

以下是两段散文的节选，一个虚构，一个非虚构，用以说明清

---

① 原文为 dialogue tags，指他说/她说。

单中的要素。第一段节选自托妮·莫里森[1]的小说《苏拉》的开篇，莫里森以诗意的口吻描绘出场景，以及那个已经不复存在但仍留在人们心中的米达莲小镇社区。

选自《苏拉》

就在那个地方，一片片的龙葵和刺梅被连根拔起，好为米达莲都市高尔夫球场腾出地方，而这里曾是一片居民区。米达莲镇地处溪谷，这片居民区占据了小山顶，一路铺到河边。现在这里叫市郊，不过原来黑人聚居在这里的时候，这里被叫做"底层"[2]。和溪谷相连的一条路上，长满了山毛榉、橡树、枫树和栗子树。山毛榉现在看不见了，孩子们坐在上面、穿过满树的花朵向路人喊叫的梨树也没有了……

应该说"底层"现在没留下什么，不过也幸好如此，因为反正这里也不是城镇：这里只是一个居民区。只不过原来，赶上安静的日子，住在溪谷房子里面的人有时能够听见歌声，有时是五弦琴；如果镇上的人碰巧到山上办事——收房租或者保险金——他兴许会看见一个黑黑的女人穿着花裙子，伴着口琴欢快的音符，一会儿阔步舞，一会儿摇摆舞，一会儿"乱搞一通"。她的赤脚踢起的黄色尘土可能会沾到她的连衣裙上，吹琴男人裂着口露着脚趾的皮鞋随着口琴的音乐一张一合。黑人们看着她开心地笑，

---

[1]　托妮·莫里森（Toni Morrison，1931—　），美国黑人女小说家。20 世纪 60 年代末登上文坛，其作品情感炽热，简短而富有诗意，并以对美国黑人生活的敏锐观察闻名。她所主编的《黑人之书》记叙了美国黑人 300 年历史，被称为"美国黑人史的百科全书"。1989 年起出任普林斯顿大学教授，讲授文学创作。1993 年获诺贝尔文学奖。

[2]　Bottom，常被用来指代黑人聚居地。

互相蹭蹭膝盖，镇上来的男人很容易听到这笑声，并不会注意到那心酸痛楚——可能就在低垂的眼帘下，在他们头顶的破布和软塌塌的帽子下，在手掌心里，在磨破的西服翻领后，在挺不直的身体里……

此刻，充分欣赏一下这醉人的、精心打造的作品。仔细听那口琴欢快的音符，看那穿花裙的女人跳起的阔步舞。

第二段节选自阿尔·阿尔瓦莱克斯①的回忆录《如何是好？》的第一页。开篇第一段就明确了作家会以这种日记式快速推进的口吻讲述作为诗人和评论家的生活，这里的关注点是他对诗歌的热爱。

选自第一章《缘起》

1938 年，我的姐姐安娜结束了在瑞士的学业回到家，她非常担心德国边境正在发生的事情。一天下午，她劝爸爸打开短波收音机，里面正在广播希特勒的一个演讲。家里仅有的这台短波收音机和父亲的留声机放在一起，那是一个艺术王国，那个抛光的胡桃木大怪物有现代的洗衣机那么大，还有一个喇叭藏在回纹装饰的窗格（而不是塑料窗）后面。只有我那热爱音乐，而且时常在半夜播放唱片的父亲，才有权利接触它们。

我的父母对世界政治一无所知，不过他们倒是很高兴自己的女儿最近长了本事，于是妹妹萨莉和我被从儿童房里召唤出来——不是为了给我们上政治课，而是为了欣赏

---

① 阿尔·阿尔瓦莱克斯（Al Alvarex，1929—　），英国诗人。出生于伦敦，同时也是小说家、散文家、文学评论家。

安娜作为一名语言学家的本领。我们坐在巨大的收音机前，听着元首沙哑的嗓音在静电的干扰中忽高忽低，安娜站在收音机旁翻译着，俨然一位面对着整个班级的老师。虽然我当时只有八岁大，但仍然记得那些广播是残忍冷酷的。

希特勒的煽动时常被人群巨大的口号声打断："万岁！万岁！万岁！"

最后母亲开口了，"我自己反正不太喜欢，不过米妮的做法还算好吃。"她说。

"米妮？"我父亲问。

"就是米妮，那个厨娘。还能有谁？"我母亲不屑一顾地回答。"她把它提前焯过水，最后又加了洋葱末和黄油。"

"看在上帝的份上，你在说什么呀？"我父亲问。

"海芥蓝啊，"我母亲说。"当然，现在不是吃它的季节。"

再享受一下单纯阅读的快乐。回到阿尔瓦莱克斯 1938 年在伦敦期间的童年回忆，那时德国正在入侵奥地利，姐姐结束了在瑞士的学业回家，担心着发生在德国边境的事情，而她的父母看起来对元首的狂热举动无动于衷。

逐一梳理清单元素

现在我们将以《苏拉》和《如何是好？》作为例子，逐一梳理清单中的每一个元素，来说明你应该如何修订自己的作品。

1. 开头和结尾

　　两段节选的第一句都显示出开篇的重要性和力量。《苏拉》的首句是，"就在那个地方，一片片的龙葵和刺梅被连根拔起，好为米达莲都市高尔夫球场腾出地方，而这里曾经是一片居民区。"一片片龙葵和刺梅被连根拔起的意象预示了整部小说并唤醒了另一个世界。在阿尔瓦莱克斯的回忆录中，特定年份和姐姐结束在瑞士的学业回家这一事件引起了读者的注意。

　　来检查一下你的第一句话。它能够吸引你的注意力吗？读者会有兴趣读下去吗？同时，它是否表明或者预示了主题？

　　再来检查一下你的结尾。结尾与开头匹配吗？在《苏拉》中，莫里森以失去苏拉的一声哭喊结束，"这一声断肠的哭喊深不见底、望不到头，悲伤只是在不断地盘旋打转。"在《如何是好？》中，阿尔瓦莱克斯的结尾落在了父亲身上，思考了父亲一生做过的事情。他照顾到了每一个视角，解释说即使身为作家，他也不想只当观众，而是要上场做演员。

　　在你的作品中问题得到解决了吗？有没有新的含义出现？主人公受到触动了吗？如果还有没解决的问题，先记下来，然后继续看第二个元素。

　　检查开头和结尾；如果有必要，先记下来，在你有时间的时候再改写。限时五分钟。

2. 描写

　　检查两段节选中的场景设定。温德尔·贝里曾经说过，"如果你不知道你在哪儿，你也不会知道你是谁。"《苏拉》的第一句话可以让你学习到，一个地方的一种感觉如何弥漫在整部作品中。再来看阿尔瓦莱克斯是如何描绘他的家事的。他以描写1938年的伦敦为出发点，这种对比是为了带来惊喜。你的故事发生在哪里？

检查一下你描写的细节。斯蒂芬·金写过，描写开始于作家的想象，但是终结于读者的想象。在《苏拉》中，有成片的刺梅，歌声和五弦琴，跳着阔步舞的黑黑的女人，她的赤脚，黄色的尘土。现在来看一下你的作品。细节生动吗？有感染力吗？在《如何是好？》中，有对留声机、抛光的胡桃木大怪物的描写，读者仿佛走入了房间。细节还有元首沙哑的嗓音，"万岁"的口号声，以及母亲关于厨房烹饪的妙语，这些都使读者沉浸在场景中。

 检查你对场景设定和人物性格的描写。不妨修订一下。如果必要，为日后可能的改动留下记号。限时五分钟。

3. 对白

作品有对白部分吗？在《苏拉》中，前几页是没有对白的，但是作者的声音如此直接，使得读者仿佛感到莫里森在大声讲话。在《如何是好？》中，对白使场景生动起来，并且给阴郁的氛围平添了幽默感。如果你也使用了对白，那么它是融入场景中，还是独立存在的？它对于塑造人物性格和推动行动有帮助吗？每个讲话者都有自己的特点吗？如果没有对白，那么加上一段会不会使作品更好看？你曾经考虑过这一点吗？

 检查使用对白的情况。如有必要，修订一下。限时五分钟。

4. 叙事技巧，张力/冲突

作品中有对立冲突吗？在《苏拉》中，有"底层"（实际上是在山顶），还有溪谷，有穿花裙子的黑女人，还有来收租子的镇上的男人。在《如何是好？》中，阿尔瓦莱克斯通过塑造不同性格的鲜活人物制造了张力，有热心的孩子，有不明所以的父亲，还有心不在焉的母亲。这个情境中充满了幽默感。

检查叙事技巧。虽然你只看到了这两个作品的开头部分，但是你已经能够感觉到故事徐徐展开了。小危机能够吸引读者前进。在你的作品中有这种叙事技巧吗？想想童话开头的一句"很久很久以前"，这句话能够激发我们每个人听下去的冲动。一个完整的故事应该有开头、中间和结尾。你的作品是这样的吗？约翰·加德纳在《小说的艺术》中写过一个定义，"故事要包含正向流动，即要求一系列有意使之产生关系的事件最终得到满足，并在结尾处获得解决。"

你的作品使用的是什么时态？如果是一般过去时，那么整个故事都发生在过去吗？如果是现在时，也涉及同样的问题。要重视时态的一致性。如果你需要回到过去时或者进入将来时，时态的转换衔接自然吗？

最后一点，冲突是至关重要的吗？冲突越关键，故事也就越重要。最重要的故事，威廉·福克纳说，就是"冲突的中心"。回到你作品的开头部分。看看推动故事前进的根本欲求和需要是什么？它重要吗？谁又在阻止主人公达成这个愿望？

检查动作、情节和冲突。修订，并且标注出需要进一步调整的部分。限时五分钟。

5. 联想，明喻，暗喻，象征

　　你应该还记得第八课学过的诗化散文中意象的重要性——你怎样从一个明喻（比较两个意象）到暗喻（不出现喻词"好像"、"比如"的比较），再到象征（通过叠加含义）。在你的作品中哪个是中心意象呢？托妮·莫里森谈到过如何把控意象。她说自己在写故事的时候，一旦知道床上的被面是橘色和紫色的，她就不光看见了那个房间，而且看见了整个故事。读一下你的作品，挑出那些关键意象。

　　寻找明喻和暗喻。在《苏拉》中，居民区占据了小山顶，一路铺到河边。"占据"和"铺"以暗喻的手法，给这块地方赋予了生命；它又占又铺，仿佛什么东西在移动。这片居民区曾经生机勃勃。"一会儿摇摆舞"（a bit of black bottom）：除了注意到头韵（字母"b"的重复）和对"bottom"这个词的选择，不论这个舞蹈到底是什么，读者都可以想象它。紧接着写到的是那心酸痛楚——在低垂的眼帘下，在头顶的破布下，在手掌心里。在这里，如同在别处的运用一样，暗喻使得这种痛楚愈发真实。

　　《如何是好？》运用了留声机的意象，有现代的洗衣机那么大的大怪物，从明喻过渡到暗喻，同时用大怪物这个比喻为后文出现的元首形象打了伏笔。

　　约翰·加德纳在《小说的艺术》中写过，象征之间的关联通常在作者描写人物、气氛和场景的时候发展形成，也可能出现于对意象不经意的重复中。在第一稿后，当作者重读作品的时候，他可能会发现"那些潜意识中古怪的痉挛击中了他"。这可能是直接使用的暗喻，也可能是以暗喻的手法做出的安排。这正是精彩作品的写法。在例子中你可以发现，《苏拉》中的场景描写，以及《如何是好？》

中留声机被视为怪物的写法就是这样。

练习　　检查意象：明喻，暗喻，象征。修订，如有必要，为进一步修订留下记号。限时十分钟。

6. 类型和样态，谁的故事，视角，风格，节奏，口吻

类型：类型大致分为四类：虚构作品、非虚构作品、剧本和诗歌。子类型涉及更多不同的形式：日记体作品，散文，评论，寓言，小小说，散文诗，对话体作品，独白作品，白描，戏仿作品，讽喻作品，歌词，以及更多。想想你自己的作品类型。首先回答，这是虚构作品还是非虚构作品？为什么？如果是纯粹想象出来的，那就是很明确的虚构作品。如果内容取自你的生活，那么你还要选择。哪一种类型更适合你的作品？哪种子类型是更好的选择呢（童话，小小说，对话体作品，散文诗，日记体作品，等等）类型与你的故事样态相符吗？

这是谁的故事？有时候作者也不确定。不妨想一想弗兰纳里·奥康纳的短篇小说《上升的一切必将汇合》，一个叫朱利安的男孩陪他母亲去上减肥课。他们一路都在争吵，关于妈妈的新帽子，关于公车上的乘客。故事的张力在于，朱利安的母亲是歧视黑人的，但朱利安对她这一点很反感。而这位母亲还一再强调自己的家族曾经是多么显赫，有那么多的奴隶；朱利安看不起他的母亲。他为他的母亲感到羞耻。最后下车的时候，这位母亲的自以为是招来一位愤怒乘客的狠狠一拳。再之后，她直直地跌倒在人行道上，突然中风了。这时朱利安后悔地冲过去，扑倒在她的身边，呼喊着求救。这是谁的故事呢？那么多的行动都围绕着母亲发生，但这是朱利安的故事。他才是那个经历了情感变化的人物。当他目睹了母亲的无助

的时候，他才意识到了自己的过失。要仔细想想这个问题：这是谁的故事？

视角：你的作品是从谁的视角出发来写的？这里有一个小结（更多细节可以回看第四课"短篇小说和小小说"）。如果你的作品是一篇个人随笔，就应该采用第一人称，作者本身就是讲述者。如果是一本小说，你可以选择第一人称（使用"我"），也可以选择第二人称（使用"你"——这种方式很少用到，不过第七课"故事"中还是举了一个例子，《小红帽归来》），还可以选择第三人称（使用"他"或"她"，以及进一步选择是主观第三人称还是客观第三人称），还可以选择全知视角（众生的视角），或者多重视角（在若干个角色的视角间切换）。你的选择很大程度上取决于你希望在读者和叙述者，也就是拥有视角的那个人之间设置的距离。检查一下你的故事，考虑人称的设置是否正确。以别的人称来写会不会更好？

风格：你的写作风格适合你的故事吗？令人满意吗？一以贯之吗？风格有客观性的、有主观性的，从散文家闲散的风格到小说家善讲趣闻轶事或反讽刻薄的风格，再到诗人充满诗意的风格，不一而足。文学风格来来去去，重要的是记住风格反映了作者自身。小威廉·斯特伦克在《风格的要素》中写过，最后成形的风格多来自于思想看法，而非作文法。在《小说的艺术》中，约翰·加德纳指出，大部分的风格是传统的，作家们只需要掌握其中的一种。然后慢慢地，他可以将自己的个人化风格融入其中，使它不同于其他作家的风格。一些作家会根据不同的故事和类型改变风格。还有一些作家希望独出心裁，但是这可能会牵扯太多精力。总之，最好避免过分纠缠于风格问题。现在，考虑一下你的作品的风格如何？它对你、对作者来说合适吗？适合这个故事吗？有连贯性吗？

节奏：把你的作品大声读出来，听一听其中的节奏。如果你感觉声音磕巴，回过头检查一下词语和音节。在第八课"诗化散文和散文诗"中，我们学习过散文中的词句长度问题，明白一个句子的重音应该落在哪里。我们还学习过挑选用词：那些听起来就像它所描绘的对象的词（拟声词），那些辅音重复的词（头韵），或者元音重复的词（尾韵），以及词句和短语的重复。重新检查一下你的作品。读出来听一听。词句的发音是不是精心安排的？

口吻： 口吻不同于风格。这是一种作者借此表达他的生命力，他的道德观，他的世界观的载体。菲利普·罗斯在《幽灵写手》中告诉我们，口吻这种东西从小腿窝开始可以直达头顶。作者是从他自我的中心发出声音来。然而不是作者找到自己要使用的口吻，而是口吻主动俘获作者。朱莉娅·卡梅伦在《写作的权利》中写道，我们每个人都有自己的口吻，与其去辛苦学习我们需要的口吻，还不如自我挖掘。正是由于这个缘故，本来为《艺术家的方式》而写的一些晨间习作，后来发展成她接下来的另一本书。卡梅伦鼓励读者在每天清晨都规律性地写一些心里话。你的口吻强烈吗？故事的口吻其实就是它的肢体语言。你的口吻有强健的肌肉吗？你的作品自己站得住吗？是不是内容充实？

检查类型，这是谁的故事，视角，风格，口吻。必要的话进行修订。为日后的完善留下记号。限时十分钟。

7. 主题和内涵

什么是你的作品的主题（主旨）？基于你所选定的主题，你对此是否思路清晰？每一个作者都要担心表述混乱的问题。写作不是一件容易的事情，但是是件好事情。它能使人精力集中，理清自己的思路。这让我们避免了陷入混乱，摆脱了不必要的介词、形容词和副词。威廉·津瑟在《写作法宝》中谈道，他的初稿可能最终会被删去 50%。它们就那么被生生吞没了，也不会再被用于新的作品。看看你的作品中是否有表述混乱的地方，大刀阔斧地进行删减吧。

这部作品的内涵是什么？是一个有深意的故事吗？能够引起共鸣吗？内涵不宜过于明显，也不能过于隐晦。作品应该作为礼物奉献给你的读者，而读者必须自己打开它。这样他才会对此更加心生感激。

思考你的主题，删除混乱的部分，使内涵清晰化。必要的话进行修订。限时十分钟。

8. 编辑（在作品被修订之后）

当你完成对作品的修订，当你感觉此刻你已经做到了极致，那么你就可以考虑编辑的问题了。别忘了海明威把《永别了，武器》的结尾写了 39 遍。当然，在你进行编辑的过程中，你仍然可以继续修订！

针对编辑过程，我有以下几条小建议：

——题目：标题合适吗？能抓人眼球吗？这整本书一直都要求你撰写标题，你应该理解它们的重要性。别对自己手下留情。你需要不断苛求。检查一下你写出的标题。它能行吗？

——篇幅：检查你作品的篇幅，乃至每一段、每一句的长度。这之间应该有变化。这样读者才能调整自己的呼吸。

——动词：去掉所有的被动动词，包括动词"是"。看看以下两者的区别："桌子看起来要散架（sagging）。"；"桌子是变形的（sagged）。"多使用主动动词。

——冗词：删除副词、多余的形容词、陈词滥调和口头禅（除非它们在对话中，对于塑造某个人物有帮助）。据说马克·吐温得到过这样的建议："副词，算了吧。"

——视觉效果：检查作品的呈现方式，段落的安排，留白，中心点。

——校对：再次提醒注意一致性（动词时态，人称视角）、标点以及拼写。

编辑你的作品。在这里稍微做得快一点。等你回去有时间的时候再慢慢做。限时十分钟。

现在到了分享时刻，你可以把自己的作品分享给一群人，也可以只给一个朋友，来听听他人的意见。如果有其他作家读到或者听到你的文字，也欢迎他们提出建议。不要试着为自己的作品辩护；相反，要感谢大家的反馈。

本课的最后一步是要为你的作品找个家。当你终于准备好把它公之于众的时候，不妨将之视为一个还会回到你身边的礼物。我很清楚地记得我收到的第一封读者来信。那是写给我的一篇发表在《基督教科学箴言报》上的个人随笔的，在随笔中我写到了祖母在菲律宾的校舍。几个月过后，我收到了一个女读者寄自西雅图的信。她说她看到了这篇文章，注意到了文中的日期，于是读给自己的母亲听。她的母亲眼睛看不见了，生活在一栋收容老年人的房子里。这位母亲越听越入迷，开始微笑，最后哭了起来。原来她就是后来被派去接替我祖母的那批教师之一。这样的故事也可能发生在你身上。这些故事是你们大家的。与他人一起分享它们吧。我们的声音汇集在一起，必将响亮地传遍整个世界。

※　※　※

练习：本课的练习适合时长为两个小时的课程。前四个是短练习，后四个是长练习。如果你希望花一个月的时间来修订作品，我建议你在第一周做前四个。第二周做第一个长练习，内容是有关意象的。然后第三周做下一个长练习（有关类型，谁的故事，视角，风格，节奏，口吻）。第四周做随后的练习（有关主题和内涵）。隔一段时间之后，最后再来做编辑工作。因为修订作品同样需要酝酿！

※　※　※

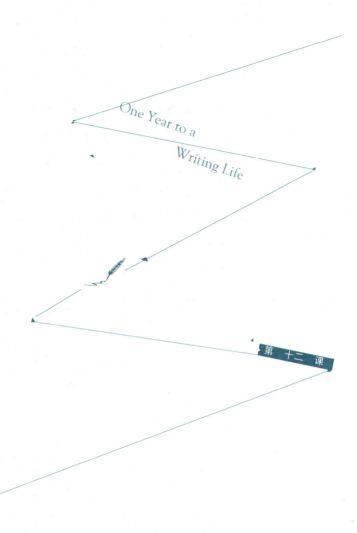

第 十二 课

写作的回归之路

一路下来，你已经学习了十二堂写作课。从写日记开始，到写散文（个人随笔、评论文章和游记）和短篇小说。在第二阶段，你更加深入地挖掘了自己的创造力，学习了梦境写作，随后构想了对白，描述了童话，创作了诗化散文。点金术让你在第三阶段更上一层楼，接下来是拼贴作品、回忆录和修订——重新审视自己的文字。

这最后一个月的写作——无论何种类型——都将是回归之路。安妮·狄勒德在《写作生涯》中写道，"一个词领着另一个词，走向花园深处的小径。"走向花园深处的小径并且最终回家。你进入了迷宫，并将在那里找到你真正的家。当今的世界是碎片化的——那种获得一个平静世界的愿景变得比以往更加渺茫。大家心中有一种对于集体的向往，希望寻求一种归属感。渴望回家。你的文字将会表达出这种渴望，它将照亮你自己的生活，也照亮你周边的世界。

渴望回家

在当今世界，我们中的大多数人都过着流动而分散的生活，而非紧密和聚集的生活。"9·11"事件，2004 年印度洋海啸，卡特里娜飓风，中东地区的战争和暴力事件，非洲国家的种族屠杀和饥荒，所有这一切都让我们感到莫大的不安。如何找到安身之所，找到一个家园呢？我建议呼唤赫斯提（Hestia），希腊神话中司炉灶的女神，并且通过你的写作，将她的火焰带入你的家中。

赫斯提是希腊女神中最重要的一位之一，尽管今天她并不怎么为人所知。她是宙斯的妹妹，宙斯将钥匙交给她保管，由她在奥林匹克山上守卫圣火。在古希腊，每家每户的房子中央都有一个炉灶，每日早晚，信徒都会向赫斯提神祷告。每个新生儿在被其家庭接纳之前都要被人抱着围灶走一圈。就像每个城市都有一个公共火坛，象征着城市的精神，那里的火绝不允许人取用。当新的聚居地建立起来，原来那座城市炉灶里的煤块和余烬也会被一起带来。罗马神话中的灶神是维斯塔（Vesta），有广场，有自己的神庙。在圆形的神庙里燃着不灭的火种，是罗马和全体罗马人民的炉灶象征。今天那火种在哪里呢？

赫斯提是中心和整一的原型，她的符号就是一个圆。当你赞美赫斯提的时候，你也在赞美你自己的整一，以及宇宙的整一。在你的写作中，在清晨的日记、或者日间的故事或散文、或者无论什么虚构或非虚构的作品中，你都是在照管自己的灶神，并且将这火种奉献给全世界。你的写作不再是个人的，而是宇宙的。

你可以呼唤赫斯提，像古代的吟游诗人做过的那样，像荷马做过的那样。

《荷马史诗》之《献给赫斯提》

赫斯提，你照管着阿波罗神的圣所，软油从你的门锁处流出，现在来到这所房子里吧，来吧，与宙斯同德，靠近并赐福于我们的颂歌吧。

祝愿赫斯提来到你的家中并且降福于你的写作。

寻找引领归途的意象

为了赞美赫斯提，你需要在生活中找到对你来说位于中心的意象，这些意象是聚集在一起的，而非各自分散的。你内心的诗人知道，有些意象会带你到达真正的核心——梅·萨顿在《孤独日记》中讲到的母体核心，在那里，你的创造力就植根于其中。之前已经举过我是如何运用这种意象的例子：小梅花在手中轻如无物，以至于我想到了自己的父亲以及他的骨灰；立在我前院虬曲的梨树让我理解了我的继母，她饱受阿兹海默症的折磨。

通过找到这些意象，并且通过写作跟随它们一路回家——从日记到随笔到散文诗——你就靠近了赫斯提的炉灶，并且连接到了你创造力的核心。为了帮助你发现这些意象，不妨再来看一遍里尔克在《给青年诗人的信》中的句子："只有一件事情是你应该做的。那就是沉入自己的内心。"如同你在前几章做过的那样，寻找意象——在梦境中，回忆中，以及周遭环境中。这些意象将引起你的共鸣并带你回到自己的中心。

梦境

记住，梦可以打开通向更深自我的大门，让我们进入其中。去寻找梦境中出现的意象吧。我在第五课已经对梦境有过一定的介绍。在这一课，你将关注于聚焦中心意象。以下的梦境描写选自特里·坦皮斯特·威廉姆斯的书《跳跃》，这是引领读者在希罗尼穆斯·博斯的《人间乐园》穿梭进出的作品。

选自章节《尘世快乐》

我在亲眼看到之前，很早就梦到过这片中心区域。我正穿行在黄石公园的海登谷。当时是秋天，溪流边的草叶已经变黄。蒸汽从或粉或蓝的熔炉地表腾起。硫黄的气味很浓。隐藏在森林里的泥塘咕咕冒着泡。到处都是游人，人类也在参与地球的游戏。

每个人、每件事都兴致勃勃地跃跃欲试。

黄色的棕熊。蓝色的野牛。红色的乌鸦。披着粉红色斗篷的土狼领着披戴银色缰绳的麋鹿在黎明奔跑……我甜甜地醒来。这就是我所记得的全部的梦，直到我站在普拉多美术馆的三联画前，我才发现原来希罗尼穆斯·博斯早就已经画出了我的梦。

威廉姆斯记得那个梦，并且欣喜地看到从黄色的熊到穿粉红色斗篷的土狼——在马德里普拉多美术馆的三联画中都见到了。在这里，男人女人和孩子都在唱诵，并且给她提供了一次享受人间乐园的机会。这片中心区域在她整个童年时期都是锁闭的：梦中的意象引领她回到了真正的家。

再举一个小说家伊莎贝尔·阿连德追随梦中意象的例子。在《作家的梦》中，阿连德说梦就像一个储藏室，"在那个虚幻王国，你可以涉入黑暗，并且找到宝藏。"她在创作第一本小说《精神之所》的时候，最后几页不断重写却始终无法满意。随后她在一个晚上做了一个关于她祖父的梦。她梦见祖父躺在床上，全身穿着黑衣，床也是黑床，而自己坐在一把黑色的椅子上，也是一身黑衣，向祖父诉说她写了一本书。事后她意识到梦中的意象给出了她结束小说的方式，那就是祖父死了，而他的孙女坐在他的对面，告诉他这个故事。

现在轮到你了。回忆一个主动召唤并有话向你诉说的梦，可能来自你的童年。首先，沉入其中，闭上眼睛。哪个梦找到了你？是最近的梦还是一段时间之前的？慢慢来。让梦自己浮出水面。

关于梦境的自由写作。限时五分钟。

在我们进入回忆之前，先读一读你刚才写下的梦。选中那个引起共鸣的意象。寻找这个意象给出的归途线索。如果没有找到令人激动的意象，那就再闭一会儿眼睛。哪个意象走近你了？可能是来自你的童年生活的意象。把它记下来。

 花几分钟选出梦中的意象。

回忆

现在来检视你的回忆，那些能够引你回家的部分。下面的一段文章选自沃利斯·王尔德-梅诺兹的散文，发表于《灵性写作佳作（2002）》。文中她回忆了拜访莫斯科郊外的谢尔盖（曾叫札格尔斯克）圣三一修道院的教堂的经历。

选自散文《音乐的同一性》

想象那些蜡烛，细细的，半透明的，精致的，立在枝形吊灯上。点着的蜡烛仿佛上帝的蜂巢，火焰如此饱满尽责，以至于嘶的一声就驱走了阴暗滞重的黑暗；僧侣们坚毅的脸和激昂的声音，人声沉入如此浓重的黑暗中。强光和黑暗的强烈反差使人恍惚，外面进来的人睁不开眼，很难辨清方向。随后在幻觉中，数个世纪唱诵的祷文响起。

古时的单声圣歌让时光倒流，那西方世界之外的不朽，即
兴的歌声与多旋律的复调音乐相调和。这歌声盘旋绵亘在
我周边的黑暗之中，并且将我一起带走。

蜡烛嘶嘶燃烧着，像上帝的蜂巢。王尔德-梅诺兹不仅听到了僧
侣激昂的声音，而且感受到了他们。强光和黑暗的强烈反差使人恍
惚。古时的单声圣歌让时光倒流，正如即兴的歌声与另一段更深层
旋律的音乐相融合。这段记忆使作者回到了她对个人世界以及人类
全体世界整一性的经验中。

下面的一段童年回忆选自卡洛斯·艾尔①的回忆录《在哈瓦那等
雪》。1962 年，艾尔作为被空运出古巴的 14 000 名儿童之一，因为
革命事件而远离了家庭和祖国。他的回忆从巴蒂斯塔②逃离古巴
开始。

选自《在哈瓦那等雪》第一章《一》

世界在我睡着的时候发生了巨变，使我感到极度惊异，
都没有人与我商量一下。从那个日子往后，这就变成了
常态。

那时我只有八岁大，做着孩子该做的美梦，做着孩子

---

① 卡洛斯·艾尔（Carlos Eire, 1950—　），耶鲁大学历史和宗教研究学教授，出生
于哈瓦那，是古巴前卡斯特罗政府的一名官员的儿子。在 11 岁的时候与其他 14 000 名儿
童被空运送往美国，与父母远隔。描写古巴革命的回忆录《在哈瓦那等雪》出版于 2003
年，并获美国国家图书奖。
② 巴蒂斯塔（Batista, 1901—1973），古巴独裁者。1940 年 7 月出任总统，1944 年
竞选失败，侨居美国。1954 年 11 月再次获选总统。任内多次宣布停止执行宪法，制定反
劳工法，禁止罢工和群众集会，先后杀害数万爱国人士。同美国签订"军事互助条约"，
为美国公司掠夺古巴财富提供便利条件。1958 年底，以卡斯特罗为首的起义军推翻巴蒂
斯塔政权，1959 年 1 月 1 日巴蒂斯塔逃往多米尼加。

该做的事情……

热带的阳光像刀子一样刺入木质百叶窗的缝隙，像往常一样，在我的床上留下一条一条的光线，数不尽的灰尘颗粒在一道道晨光中上下翻飞。我盯着那些尘埃，像往常一样，全神贯注。我不记得是什么时候起床的。但我记得自己走进了父母的卧室。这里百叶窗大开，阳光铺满了整个房间。像往常一样，我父亲穿着鞋就往上套裤子……

在他从棕色尖头皮鞋往上拽那大肥裤子的时候，路易十六（我父亲的代称）突然告诉我一个新闻："巴蒂斯塔走了。他今天早上从哈瓦那飞走了。这么说起义部队赢了。"

"你骗人，"我说。

"没有，我发誓我说的是真的，"他回答。

艾尔回忆了那个清晨，也就在那个清晨，他的童年生活结束了。他的家，他童年的梦，他父母洒满晨光的卧室，他父亲肥大的裤子，都在那个清晨之后消失了。随后的事情滑入他的记忆，等待着在写作中复活。

正如你在梦境写作中做的那样，现在需要寻找一段能够引起你共鸣的回忆。可能来自你的童年生活，可能发生在最近，还可能从某段旅行中得来。先沉入内心，闭上眼睛。哪段回忆找到了你？那会是一段使你全神贯注，凝聚力量的回忆。试着清空头脑，然后让回忆找到你。

关于回忆的自由写作。限时五分钟。

现在来读一下这段回忆。选中能够引起共鸣的意象。寻找中心意象，它将引领你的归途。如果没有哪个意象能够引起你的注意，那就闭上眼睛再次去发现。然后将其简要记录下来。

花几分钟时间选出一个记忆中的意象。

周遭环境

最后，在你的周遭环境中寻找意象。去散散步，看看你的周围，室内，室外。哪个意象引起了你的注意？下面是一段选自埃蒂·希尔萨姆的《被打断的生活》的例子。本书是她在生命的最后两年创作的日记，写于韦斯特伯格，在经过这个关押荷兰犹太人的临时营地之后，她就将被装上运输车运往波兰，送往奥斯维辛。

选自日记：周日，晚（1942 年 9 月 20 日）
坐在空地上的乔比（一个好朋友），在广袤无垠的星空下，诉说着思乡之情。我不思乡，我感到自己就在家里。我已经在这里领悟了如此多的东西。我们已经"在家里"了。在星空下。在地球上的任何一个角落，只要我们是自足的。
……我们必须成为自身的国度。

夜空的意象，我们所有人拥有同一片天空，对于她的朋友乔比，对于她自己，对于她们两个人，都是这样。天空就在韦斯特伯格的铁丝网围墙之上。埃蒂·希尔萨姆在写作中找到了内在的家。她拥有自我的王国。

　　接下来再举一个从家的内部、从房间的内部出发的例子。艺术家兼诗人凯伦·麦克德莫特写了一首诗（《流派，日内瓦作品之七》），写的是放在一个深陶碗里的三只梨。这个意象将读者带到家庭，与神秘之种相连。

《三只梨》

三只梨

堆在一起

仿佛几座小山

在黄昏前下午的阳光中

只有薄薄的一层皮

绿色中掺杂着棕色

胀得满满的

出人意料地多汁。

最轻微的震动也会使它们

晃动，彼此碰撞

但毕竟有三个

它们很快就再次安顿好了

摇摇欲坠，泰然自若

一个挨着一个

瞬间到位，梨子们

仰赖运气，受制于碗边

一只陶碗的，边界

就像家庭

受制于神秘之种

和隐藏的心灵。

被碗边挡住，瞬间到位的梨子形象使诗人向内探索了隐藏的心灵。

现在，请从诉说着你的生活世界的周遭找出一个意象。想象一下自己在屋里散步。有什么意象在召唤你？哪个意象每天都会迎接你，是你的中心？然后走到室外去散散步，前院，后院，沿着钟爱的小径。有没有一个意象经常吸引你去关注？选中一个意象，也让它选中你。把这一切写下来。它的故事是怎样的？

从你的周遭环境选一个意象来写，室内室外的意象都可以。限时五分钟。

跟随意象回家

到了该跟随你选中的那个意象，让它带领你去往内在的赫斯提神的炉灶的时候了，那里有更深层次的自我。首先，回到你在梦里、回忆中以及周遭环境中选定的那些意象。选择其中的一个。哪一个指出了家的方向？它就是你在本课的剩余部分要与之共处的意象。

画一幅迷宫

迷宫是与整体性相关的一个古老象征。最早的迷宫可以追溯到

4 000年前的克里特岛迷宫。在神话中，这座迷宫与提修斯和米诺托有关。最广为人知的可能是沙特尔迷宫，大约建于1220年，是法国沙特尔大教堂的底层。穿越迷宫意味着一种朝圣之旅，一次问询之旅，用以代替远赴耶路撒冷的朝圣，因为这对于大多数朝圣者来说太过困难。迷宫在不同的宗教传统中一直被当作一种灵修练习。它们共同的一个特点就是，只有一条路通向中心，也只有一条路可以返回。我们所说的这种迷宫（labyrinth）经常会和另一种迷宫（maze）弄混。maze有曲径、转弯，还有死胡同；labyrinth只有一条路。在这个练习中，你要自己画一幅迷宫，跟随你的意象从入口走到中心，赫斯提将在那里等着你。

重拾对迷宫的兴趣是与我们持续寻找的意义、集体以及对当下生活的归属相一致的。当我们走在迷宫中的时候，会经过三个阶段：

——放松：在我们走向中心的过程中放下所有的思考，排除所有的干扰

——接受：当我们全神贯注地抵达中心的时候，想呆多久就呆多久

——返回：带着崭新的精神沿途返回

以这种方式，迷宫其实喻示了追寻内在自我中心之旅，以及随后带着对自我更深的觉知回到生活中的过程。画一幅迷宫（或者是曼陀罗和曲径）是我们将意象视觉化的方法。这也是荣格进行"主动想象"的做法，通过主动地进入想象而将可见世界与不可见世界联通。这样意象就成为了统一的符号，将可知与不可知融汇在一起。

下面是我在不同时期画的两个迷宫的样子。左边的是我第一次开始画迷宫时留下的一张。那时我太关注画法，几乎忘了去跟随意象。可以说那是一个非常谨慎的迷宫。右边的一个是我最近画的。我从书桌前的窗口向外望，看到了我的小后院两侧的花圃中开放的

粉红杜鹃。这些花朵引领我走进了迷宫的中心。这一次我更加放松，随着自己的手慢慢画出了我的迷宫。你可以看出两者之间的不同。

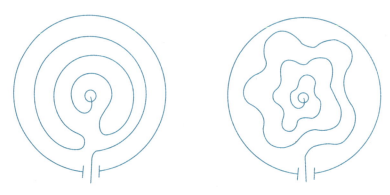

跟随中心，跟随海棠花

　　现在轮到你了。为了做这个练习，我要求你先把赫斯提的炉灶置于自己的迷宫中心。现在拿一张白纸，先画一个大一点的外围的圆。然后在中心的位置点一个点，这里就是赫斯提等待你的地方。想象你的意象处在入口的位置。让意象领着你的手，画出一条路线，来回绕圈，没有必要画整圆，你可以眯着眼睛，全凭意象一路领着你，直达中心。不要操心是否要画出路的两边，只画单线也可以代表一条路。慢慢地画，跟随意象回家。

 练习　画一幅迷宫。限时十分钟。当你画好以后，仔细看一看，然后给它起一个名字。

　　现在用你的食指进入迷宫。记住要让你的意象带领你。当你的手指随着路线移动的时候，排除所有的干扰和那些分散你注意力的东西。当你抵达中心，让自己逗留片刻，靠近赫斯提的炉灶。最后慢慢地回到外面的世界。想象你带着炉灶里的余烬，回到了你身处的外在世界，就像古希腊人离开原来的城市，到新聚居地时会做的那样。

跟随自己的食指进入迷宫。花几分钟时间。

与意象有关的对话

第二个练习涉及对白写作。聆听你的意象。问问它为什么会在今天来到你的面前。它想要对你说什么？安静地听。试着不要立马回答，不要将答案脱口而出。简单地写一段对话。比如，我问海棠花，为什么它们找到了我。"为了你注意到两边的我们，"它回答。"为什么？""为了平衡。"现在与自己进行一番对话，问问你的意象为什么要找到你。然后让意象来回答这个问题。照此进行下去，将你们二者对彼此说的话都写下来。你和你的意象。你的意象和你。让自己收获惊喜吧。

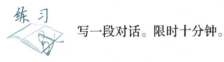

写一段对话。限时十分钟。

让意象生根

正像所有主动想象的练习一样，记下写作中发生的事情是非常重要的。经常碰到的情况是，你从一个内容丰富的梦中醒来，感到异常真实。但是如果你没有立刻把它写下来，这个梦就会退回到潜意识里。尽管不像这样明显，但是同样的道理，当你在生活中获得了新的领悟，如果没有将其记录下来，事后你就会忘记它。你总是会对自己说，"哦，那不要紧——不过是一闪念。"但正是这些珍贵的"一闪念"，可以让你活在一个更高的层次，写出更深层的作品，并最终带给你一种更深刻的、关于你对世界归属的感受。当你进入中心的时候，这些灵感的火花就会出现。它们是赫斯提的火焰，由你点燃，也将由你带入世界。

下面的作品选自前联合国秘书长达格·哈马舍尔德①的日记体作品《记号》，讨论的是如何发现我们人类内在的中心。

选自《记号》，1959年8月4日

我们人类内在中心与其他区域，我们所面对的世界，也就是所有余下的东西，其实都是一样的道理。如果这样想的话，那么一棵树就会变得神秘，一片云朵就充满了启示，每个人都是复杂的宇宙，而我们只能略知一二。无邪的生活虽然简单，但是它给我们打开的是一本大书，而我们连一个音节都还没有读完。

无论你在何时进入自我的中心，都要记得多体会一下那个时刻，并且把它写下来。你可以追随日记的脚步，通过这种方式回溯生活，记下记号。

现在轮到你来写下自己的意象了。你是怎样找到它的，它是如何引领你进入迷宫的中心的，你在哪里靠近了赫斯提的炉灶。把它

---

① 达格·哈马舍尔德（Dag Hammarskjold，1905—1961），生于瑞典，曾任瑞典银行董事会主席。分别于1953年和1957年连续两届当选为联合国秘书长。1961年9月18日，他在赴刚果途中，因飞机失事遇难身亡。同年，他被追授诺贝尔和平奖。

写下来，无论它是以什么形式出现的——一则日记，一篇随笔，一个短篇故事，一段对话，或者一首散文诗。不要着急，慢慢做这件事情。你也许可以在第一段先描绘一下这个意象。接下来，描绘你们彼此在哪里遇见。你发现了什么？你从炉灶中——也就是你的心中——取出的火种是怎样的？你可以将其分享给你的读者吗？

 关于你的意象，写一则日记、一篇随笔、一个短篇故事或者一首散文诗。限时十五分钟。不要忘记名字的重要性。为其取一个标题。

看看你写的最后一篇作品，如同赫斯提炉灶中的火焰，这是你在回家的路上找到的。想想关押在韦斯特伯格临时营地的埃蒂·希尔萨姆，当她周遭的世界被撕成碎片，想想她是如何让写作带她回家的。尽管身处铁丝网内，但她仍然找到了自己内心的家。那在同一片天空下的同一个家，那"广袤无垠的星空"。

星空是一个古老的隐喻，在印度被想象为"因陀罗之网"。公元前 1500 年的《吠陀经》上写道，在因陀罗神（God Indra）的宫殿上方，有一张巨大的、每个节点上都缀满奇珍异宝的网。这些宝石的位置安排得如此巧妙，以至于每一颗都恰好能反射到其他的宝石。这张网漫无边界，上面的宝石也是数不胜数。每一颗宝石的晃动，不管多么轻微，都可以影响到其他所有的宝石。

因陀罗之网对于宇宙的全息性而言是一种不过时的隐喻，在宇宙中，所有个体的点都与整体相连。也就是说，我们每个人都可以影响所有其他人。这也可以表达成我们共同拥有一片星空、一个家园的比喻。在赫斯提的世界中，全世界的整一性就在于我们每个人都保有自己的火种，我们可以在自己的家园和城市中点燃炉灶。

一旦投身于写作，你就踏上了回家的旅途。作家，是这世间擎着圣光的使者。

※ ※ ※

在最后一课中，共有三个短练习（写一个梦，一段回忆，以及你周遭环境中的某物）和三个长练习（画一幅迷宫，写一段对话，还有一个你回家之旅的故事）。如前面的每一课，你可以按照建议的时间规定，一个接一个地进行，也可以将它们在一个月的时间内完成。如果你选择这种方式，那么可以在第一周做前三个，然后在剩余的三周每周做一个。

※ ※ ※

附录 参考阅读

在公开出版市场和网络上，有许多丰富的文学资源可供写手们参考。以下列出的只是其中的很小一部分。在你沿着自己的写作之路不断前行的时候，你将会发现自己的钟情之作。

前言

Cameron, Julia, *The Right to Write* (New York: Jeremy Tarcher/Putnam, 1999), xvii.

Dillard, Annie, *The Writing Life* (New York: Harper & Row, 1989), 11.

Jung, Carl G., *Memories, Dreams, Reflections* (London: Fontana Paperbacks, 1969), 107.

King, Stephen, *On Writing* (New York: Scribner, 2000), 269.

第一课：日记写作

Cameron, Julia, *The Artist's Way* (New York: Tarcher/Putnam, 1992).

Elbow, Peter, *Writing with Power* (Oxford: Oxford University Press, 1981).

Goldberg, Natalie, *Writing Down the Bones* (Boston: Shambhala, 1986).

Heilbrun, Carolyn, *Writing a Woman's Life* (New York: Ballantine, 1988).

Hillesum, Ettie, *An Interrupted Life* (New York: Henry Holt, 1986), 94–96.

Holzer, Burghild Nina, *A Walk Between Heaven and Earth* (New York: Bell Tower, 1994), 14.

Jung, Carl G., *Memories, Dreams, Reflections*, 223.

Kelly, Susan, "With George Plimpton," *Country and Abroad,* June 1998, 6.

Sarton, May, *Journal of a Solitude* (New York: Norton, 1973), 11–12.

Schiwy, Marlene, *A Voice of Her Own* (New York: Simon & Schuster, 1996).

Ueland, Brenda, *If You Want to Write* (St. Paul, MN: Graywolf, 1987), 140.

Woodman, Marion, *Bone: Dying to Life* (New York: Viking, 2000), xi.

第二课：个人随笔

Atwan, Robert, ed., *The Best American Essays 2001* (Boston: Houghton Mifflin, 2001).

Capote, Truman, *In Cold Blood* (New York: Vintage International, 1991).

Clay, George, "When Everything Begins" in *Fourth Genre* (East Lansing, MI: Michigan State University Press, Spring 2001), 85.

Dillard, Annie, Introduction, *Best American Essays* 1988 (Boston: Houghton Mifflin, 1988)

Goldberg, Natalie, *Writing Down the Bones*.

Gutkind, Lee, *The Art of Creative Nonfiction* (New York: Wiley, 1997).

Hirsch, Kathleen, "The Return of the Essay" (profile of Robert Atwan), *Poets & Writers Magazine*, November/December 1995.

King, Stephen, *On Writing*.

Lopate, Phillip, *The Art of the Personal Essay: An Anthology from the Classical Era to the Present* (New York: Doubleday, 1994).

Lott, Bret, "Genesis," *Creative Nonfiction #27* (Pittsburgh: *Creative Nonfiction*, 2005), 30–31.

———, "Toward a Definition of Creative Nonfiction," *Fourth Genre*, Spring 2000, 195.

Norris, Kathleen, *Dakota: A Spiritual Geography* (Boston: Houghton Mifflin, 1993).

Rilke, Rainer Maria, *Letters to a Young Poet* (New York: Norton, 1962), 29.

Root, Robert L., Jr. and Michael Steinberg, *The Fourth Genre*, second ed. (New York: Longman, 2001).

Steinberg, Michael, ed., *Fourth Genre*, Spring 2000.

Tiberghien, Susan, "In a Grocery Far from Home," *International Herald Tribune*, October 18, 1992.

第三课：评论和游记

Guidelines for writers: *New York Times* (www.nytimes.com); *Christian Science Monitor* (www.csmonitor.com); National Academy Op-Ed Service (www.nationalacademies.org); *Islands* (www.islands.com); *Condé Nast Traveler* (www. cntraveler.com); *Travelers' Tales* (www.travelerstales.com)

Hiestand, Emily, "Renewing the Sun" in McCauley, Lucy, Amy C. Carlson, and Jennifer Leo, eds., *A Woman's Path: Women's Best Spiritual Travel*

Writing (Berkeley, CA: Travelers' Tales, 2000), 40–41.

Kingsolver, Barbara, *Small Wonder* (London: Faber & Faber, 2002), 180–181.

Lemack, Carie, "9/11 means heroism—and division," *International Herald Tribune,* September 10–11, 2005.

Stevens, Sidney, "When Times Were Tough" ("My Turn" essay), *Newsweek,* July 28, 2003.

Wilson, Jason, series editor, *Best American Travel Writing* (Boston: Houghton Mifflin, 2006).

Zinsser, William, *On Writing Well,* fourth edition (New York: Harper Perennial, 1990).

第四课：短篇小说和小小说

Gardner, Janet E., "Gifts," *Vestal Review,* 2005, www.vestal review.net/Gifts.htm

Gardner, John, *The Art of Fiction* (New York: Vintage, 1984), 31.

Guthrie, A.B., *A Field Guide to Writing Fiction* (New York: HarperCollins, 1991).

Hills, Rush, *Writing in General and the Short Story in Particular* (Boston: Houghton Mifflin, 1987).

Joyce, James, "The Dead," *Dubliners* (London: Penguin Modern Classics, 2000), 168.

Lamott, Anne, *Bird by Bird* (New York: Doubleday, 1995).

O'Connor, Flannery, *Mystery and Manners* (New York: Farrar, Straus and Giroux, 1984).

Paley, Grace, "Wants" in Howe, Irving and Ilana Wiener Howe, eds., *Short Shorts* (London: Bantam, 1983), 171–73.

Passaro, Vince, "Unlikely Stories," *Harper's,* August 1999.

Rainer, Tristine, *Your Life as Story* (New York: Tarcher/Putnam, 1998).

Scarfe, Eunice, "When My Mourning Comes," © Eunice Scarfe, Banff, Alberta, 2002.

Shapard, Robert & James Thomas, eds., *Sudden Fiction International: 60 Short-Short Stories* (New York: Norton, 1989).

———, *Sudden Fiction Continued: 60 New Short-Short Stories* (New York:

Norton, 1996).

———, *New Sudden Fiction* (New York: Norton, 2007).

Thomas, James, Denise Thomas, and Tom Hazuka, eds., *Flash Fiction, 72 Very Short Stories* (New York: Norton, 1992).

Wilson, Kevin, "Carried Away," *Quick Fiction*, Issue Four (Jamaica Plain, MA), 2003, 18–19.

第五课：梦和写作

Angelou, Maya in Epel, Naomi, ed., *Writers Dreaming* (New York: Vintage, 1994), 30.

Bosnak, Robert, *A Little Course in Dreams* (Boston: Shambhala, 1988.)

Epel, Naomi, ed., *Writers Dreaming*.

Illuminations of Hildegard of Bingen, commentary by Matthew Fox (Santa Fe: Bear & Co., 1985).

Jung, C G., *Civilization in Transition*, second ed. (Princeton:

Princeton University Press, 1970).

———, *Memories, Dreams, Reflections*.

Ondaatje, Michael, *Running in the Family* (London: Picador, 1984), 21.

Price, Reynolds in Epel, Naomi, ed., *Writers Dreaming*, 202.

Styron, William in Epel, ed., *Writers Dreaming*, 272.

Tiberghien, Susan, *Looking for Gold* (Einsiedeln, Switzerland: Daimon Books, 1997).

Udall, Brady, "The Wig," *Story Magazine*, Cincinnati: F&W Publications, 1994.

Ueland, Brenda, *If You Want to Write*.

Van de Castle, Robert, *Our Dreaming Mind* (New York, Ballantine, 1994).

Vivian, Robert, "Light Calling to Other Light," *Fourth Genre*, Spring 2000, 60-61.

Walker, Alice, *Living by the Word* (New York: Harcourt, 1988).

第六课：对白写作

Chevalier, Tracey, *Girl with a Pearl Earring* (London: HarperCollins, 1999), 5.

The Dialogues of Plato, Benjamin Jowett, tr. (New York: Boni and Liveright, 1927), 162–63.

Gardner, John, *The Art of Fiction*. New York: Vintage, 1984.

Gutkind, Lee, *The Art of Creative Nonfiction* (New York: Wiley, 1997).

Hemingway, Ernest, "The Sea Change" in *The Short Stories of Ernest Hemingway* (New York: Scribner, 1964).

Hills, Rush, *Writing in General and the Short Story in Particular.*

Lamott, Anne, *Bird by Bird.*

McBride, James, *The Color of Water* (New York: Riverhead, 1996), 50–51.

Rainer, Tristine, *Your Life as Story.*

Scott, Alistair, "Coffee at the Café du Soleil," *Offshoots V, Writing from Geneva,* Geneva, 1991, 9–10.

Zinsser, William, *Inventing the Truth* (Boston: Houghton Mifflin, 1995).

第七课：故事：传说、童话和当代寓言

Barrett, Lynne, "Little Red Returns," *River City Magazine* (Memphis, TN), 2005.

Baugh, Susan, "Writing the Fairy Tale," workshop at International Women's Writing Guild Conference, Skidmore College, 2000.

Bettelheim, Bruno, *The Uses of Enchantment* (New York: Vintage, 1989).

Carter, Angela, *The Bloody Chamber* (New York: Penguin, 1979).

Chinen, Allan B., "The Six Statues" in *In the Ever After* (Chicago: Chiron, 1989), 95-96.

Estés, Clarissa Pinkola, *Women Who Run with the Wolves* (New York: Ballantine, 1995).

The Complete Grimms' Fairy Tales, Padraic Colum, introduction; Joseph Campbell, folkloristic commentary (New York: Pantheon, 1972), 319.

Grimms' Tales for Young and Old, Ralph Manheim, tr. (New York: Doubleday, 1977), 239–41.

Jung, C. G., "Mysterium Coniunctionis" (paragraph 706) in Edward F. Edinger, *The Mysterium Lectures* (Toronto: Inner City Books, 1995), 307-308.

Lewis, C.S., *The Lion, the Witch and the Wardrobe* (London: Penguin, 1962), 5.

Rainer, Tristine, *Your Life as Story* (New York: Tarcher/Putnam, 1998).

Stein, Murray and Lionel Corbett, eds., *Psyche's Stories* (Wilmette, IL: Chiron, 1991).

Von Franz, Marie-Louise, *Interpretation of Fairy Tales* (Boston: Shambhala, 1996).

————, *Shadow and Evil in Fairytales* (New York: Spring, 1986).

第八课：诗化散文和散文诗

Barenblat, Rachel, *Prose Poems/Microfiction* (www.webdelsol.com/InPosse/barenblat.htm)

Benedikt, Michael, "Michael Benedikt Talks About Prose Poetry" (www.members.aol.com/benedit4)

Bly, Robert, "The Pine Cone" in *The Prose Poem, an International Journal,* Vol. 3, 1993. 16.

Boyd, Greg, "Lovers" in *Carnival Aptitude* (Santa Maria, CA: Asylum Arts Press, 1993).

Didion, Joan, *The Year of Magical Thinking* (London: Fourth Estate, 2005).

Forster, E.M., *Aspects of the Novel* (New York: Harvest, 1956).

Gardner, John, *The Art of Fiction*.

Hampl, Patricia, "Memory and Imagination" in *I Could Tell You Stories* (New York: Norton, 1999), 21–22.

Hirshfield, Jane, *Nine Gates, Entering the Mind of Poetry* (New York: Harper-Collins, 1997).

Jenkins, Louis, "A Quiet Place" in *Nice Fish* (Duluth, MN: Holy Cow! Press, 1995).

Johnson, Peter, *The Prose Poem,* Vols. 1-10 (Providence, RI: Providence College, 1992–2000).

Pamuk, Orhan, *Snow* (London: Faber and Faber, 2004), 3-4.

Pinsky, Robert, *The Sounds of Poetry* (New York: Farrar, Straus and Giroux, 1998).

Shapiro, Myra, *I'll See You Thursday* (St. Paul, MN: Blue Sofa Press/Ally Press, 1996).

Tiberghien, Susan M., "Cinquefoil," *Circling to the Center* (New York: Paulist Press, 2000. 7).

Vreeland, Susan, *Girl in Hyacinth Blue* (New York: Penguin, 1999), 10, Reader Guide.

第九课：想象力的点金术

Coelho, Paulo, *The Alchemist* (San Francisco: Harper San Francisco, 1995),

13–14, 153–54.

Dillard, Annie, *The Writing Life*, 3.

Hoffman, Eva, *Lost in Translation* (New York: Penguin, 1989), 5.

Jung, C. G., *Mysterium Coniunctionis* (Princeton, NJ: Princeton University Press, 1979).

Kidd, Sue Monk, *The Secret Life of Bees* (New York: Penguin, 2002).

Ondaatje, Michael, *Running in the Family*, 135.

Rilke, Rainer Maria, *Letters to a Young Poet*, 19.

The Secret of the Golden Flower, Richard Wilhelm, tr. (New York: Harcourt, 1962).

Tiberghien, Susan, "Pieces of Gold" in *Looking for Gold*, 153.

————, "Going Somewhere" (The Water Jug) in *Looking for Gold*, 18-19.

Von Franz, Marie-Louise, *Alchemy* (Toronto: Inner City Books, 1980).

Williams, Terry Tempest, *Red* (New York: Vintage, 2001), 160–61, 189.

第十课：拼贴作品和回忆录

Armstrong, Karen, *The Spiral Staircase* (New York: Doubleday, 2005).

Atwood, Margaret, *Negotiating with the Dead* (New York: Cambridge University Press, 2002).

Augustine, Saint, *The Confessions* (New York: Vintage, 1998), 204, 214.

Auster, Paul, *The Invention of Solitude* (London: Faber and Faber, 1988), 29.

Didion, Joan, *The Year of Magical Thinking*, 3.

Dillard, Annie, *For the Time Being* (New York: Knopf, 1999).

————, "To Fashion a Text" in Zinsser, *Inventing the Truth*, 42–60.

Galeano, Eduardo, "The Fiesta" in *The Book of Embraces* (New York: Norton, 1992), 268.

————, interview in *Fourth Genre*, Fall 2001.

Garcia Marquez, Gabriel, *Living to Tell the Tale* (New York: Vintage, 2004), front page.

Gornick, Vivian, *The Situation and the Story* (New York: Farrar, Straus and Giroux, 2001).

Hampl, Patricia, "The Need to Say It" in Janet Sternburg, ed., *The Writer on Her Work*, Vol. 2 (New York: Norton, 1991).

Huggan, Isabel, *Belonging* (Toronto: Knopf Canada, 2003), 134–35.

McCourt, Frank, "The Memoir Explosion" in *Authors Guild Bulletin* (New York, Summer 1997), 30.

Merwin, W.S., *Summer Doorways* (New York: Shoemaker, Hoard, 2005).

Murdock, Maureen, *Unreliable Truth* (New York: Seal Press, 2003), 24-25.

Norris, Kathleen, *The Cloister Walk* (New York: Riverhead, 1996).

————, *Dakota*.

Ondaatje, Michael, *Running in the Family*, 21.

Prose, Francine, *Reading Like a Writer* (New York: HarperCollins, 2006), 3.

Rainer, Tristine, *Your Life as Story*.

Tiberghien, Susan, *Looking for Gold*.
————, *Circling to the Center*.

Walker, Alice, *The Way Forward Is with a Broken Heart* (New York: Random House, 2000), xiii.

Wiesel, Elie, *Night* (New York: Hill and Wang, 2006).

Wilde-Menozzi, Wallis, *Mother Tongue: An American Life in Italy* (New York: North Point, 1997), 332.

Talese, Gay, *Writer's Digest* interview, August, 2006. Cincinnati, OH: F+W Publications.

Zinsser, William, *Inventing the Truth*.

第十一课：作品修订

Alvarez, Al, *Where Did It All Go Right?* (London: Richard Cohen Books, 1999), 3–4.

Cameron, Julia, *The Artist's Way*.

————, *The Right to Write*.

Carver, Raymond, "Rewriting" in George Plimpton, ed., *The Writer's Chapbook* (New York: Viking, 1989).

Gardner, John, *The Art of Fiction*.

Goldberg, Natalie, *Writing Down the Bones*.

Morrison, Toni, *Sula* (London: Triad-Grafton Books, 1986), 11.

O'Connor, Flannery, "Everything That Rises Must Converge" in *The Complete Stories* (New York: Farrar, Straus and Giroux, 1946), 405–421.

Plimpton, ed., *The Writer's Chapbook*.

Strand, Mark, quoted in "Improvisers and Revisers," *Poets & Writers,* May-June 2006.

Zinsser, William, *On Writing Well* (New York: Harper Perennial, 1990).

第十二课：写作的回归之路

Dillard, Annie, *The Writing Life,* 57.

Eire, Carlos, *Waiting for Snow in Havana* (New York: Free Press, 2003), 1–2.
Hamilton, Edith, *Mythology* (New York: Mentor, 1969).

Hammarskjöld, Dag, *Markings* (New York: Random House, 1983), 152.

Hillesum, Ettie, *An Interrupted Life,* 207–08.

Kerenyi, Karl, *The Gods of the Greeks* (London: Thames and Hudson), 1980

Homer, "Hymn to Hestia," *Homeric Hymns* 24.1, www.ancienthistory.about.com/library/bl/bl_text_homerhymn_hestia

McDermott, Karen, "Three Pears," *Offshoots VII, Writing from Geneva,* Geneva, 2003, 10.

Rilke, Rainer Maria, *Letters to a Young Poet.*

Sarton, May, *Journal of a Solitude.*

Tiberghien, Susan, *Circling to the Center* (New York: Paulist Press, 2000).

———, "Maple Tree" in *Looking for Gold* (Einsiedeln, Switzerland: Daimon Verlag, 1997), 54.

Wilde-Menozzi, Wallis, "The Oneness of Music" in Philip Zaleski, ed., *Best Spiritual Writing* (San Francisco: HarperSanFrancisco, 2002), 248–58; first appeared in *Agni Review,* # 53, New Jersey, 2001.

Williams, Terry Tempest, *Leap* (New York: Pantheon, 2000), 132.

译后记

自 2011 年初，"创意写作书系"已经迎来了第三个年头，期间陆续面世了九本书，从专业性极强的辅导性教材，到开拓思路的各类选集，从为资深写手准备的打入市场的秘方，到为普罗大众提供的入门型作品，这套书系中的每一本都独具特色。

本书出自一位惯写回忆录的女性作家之手，或许与此有关，《一年通往作家路》与以往有所细分和严格定位的写作指导书的不同之处在于，它更善于循循善诱地引导，并在悉心营造的氛围中唤起读者的共鸣——针对本书的对象及用途，唤起写作的欲望，在每课限时的具体操练中给写作者以鼓励。这种打动人与鼓舞人的力量不可小觑，正是这种引领、鼓励和召唤，为任何可能的尝试提供了有助于实践的理论叙述。

如果暂时抛弃本书中文译法中蕴含的"一年"通往"作家"路的雄心壮志，也别去理会当下社会恨不得"十年迈向诺贝尔"的急功近利，认真地审视原文书名，我们会发现作者强调的是一种格局更大的写作生涯，一种将写作内化于生命的生活方式，而书中呈现的所谓"技艺"，更是每一位写作者都需要的。

之所以强调这是一位女性作家的作品，是因为在翻译这本书的过程中，无时无刻不感到整部作品的敏感细腻、易于亲近和善解人意。作者在书中毫不吝啬也毫无保留地与读者分享自己的经历、苦恼和感动。客观上，作为一个远嫁欧洲的美国人，她显得更敏感、更多情、更易于感受到外界生活给她带来的小触动，这些特质都得以在她的若干作品片段和回忆录中展现出来。比如：第一课的《梨树》，通过体味虬曲的梨树树干，她对自己的婆婆产生了更深的理解和同情；第二课的《异乡的食品杂货店》，写出了近乡情怯的"异乡人"所感到的有所归属和被接纳的快乐；第八课的《梅花》，在柔弱花朵与父亲骨灰之间细微的联系中，倾注了极深的缅怀……另外，书中出现的几处图示，也都是她自己早年练习的例子，有很强的操作性和说服力。

作者在序言中介绍说，她 50 岁才第一次参加写作工作室，其后才开始了"作为一个作家多姿多彩的生活"。她认为，如果你愿意的话，作为作家的生活，什么时候开始都不晚。值得强调的是，本书完全不是一部刻板生涩的指导书，而是一位年逾半百、半路出家的女作家的写作体悟和自我耕耘。在每一课中，无论是类型简介、入门、写作指南、要点总结还是精彩范例，无一不是作者精挑细选、亲身实践的结果。全书提及的作家累计达到 140 余位，其中大部分是目前活跃于欧美文坛的当红作家，虽然其中有许多人的许多作品尚未引进中国，但也大大拓宽了我们的文学视野。全书范例丰富，层次多样，每段节选及其每番解读都带有各自的体温。也许是出于作家本人的女性身份，托妮·莫里森、玛格丽特·艾特伍德、艾丽斯·沃克、琼·迪迪翁、安妮·狄勒德等当代知名女作家的精彩语录和文章节选被频繁引用，这更进一步加深了本书细腻温润的风格。

有幸为广大写作爱好者译介本书，为"创意写作书系"添砖加瓦，使我既深感荣幸又倍感压力。在翻译不同类型作品范例的过程中，我尽力还原引用作者的写作风格，力求使翻译保持原文的韵味，使读者有所收获。

感谢 btr 先生慨允本书采纳《孤独及其所创造的》一书中对于父

亲形象的一段描写；书中《美诺篇》的翻译据商务印书馆 2004 年版王太庆先生翻译的《柏拉图对话集》，并参照了黄向阳先生的译本。本书的翻译得到了孙利华、霍燕婕、姜雪、隗平凡、王洁丽、李学良等人的大力支持，在此一并致谢。由于译者水平所限，疏漏之处在所难免，望广大读者提出宝贵建议。

李　琳

2013 年 4 月

"创意写作书系"介绍

　　这是国内首次系统引进国外创意写作成果的丛书，它为读者提供了一把通往作家之路的钥匙，帮助读者克服写作障碍，学习写作技巧，规划写作生涯。从开始写，到写得更好，你都可以使用这套书。

"创意写作书系"丛书书目

书名	作者	出版日期
非虚构类写作指导		
自我与面具：回忆录写作的艺术	玛丽·卡尔	2017年10月
新闻写作的艺术	纳维德·萨利赫	2017年6月
回忆录写作（第二版）	朱迪思·巴林顿	2014年6月
写作法宝：非虚构写作指南	威廉·津瑟	2013年9月
写出心灵深处的故事——非虚构创作指南	李华	2014年1月
★故事技巧——叙事性非虚构文学写作指南	杰克·哈特	2012年7月
★开始写吧！——非虚构文学创作	雪莉·艾利斯	2011年1月
虚构类写作指导		
小说的艺术：给青年作者的写作指导	约翰·加德纳	2019年10月
超级结构：解锁故事能量的钥匙	詹姆斯·斯科特·贝尔	2019年6月
人物与视角：小说创作的要素	奥森·斯科特·卡德	2019年3月
从生活到小说（第三版）	罗宾·赫姆利	2018年1月
小说写作：叙事技巧指南（第九版）	珍妮特·伯罗薇等	2017年10月
★成为小说家	约翰·加德纳	2016年11月
小说创作谈	大卫·姚斯	2016年11月
如何创作炫人耳目的对话	詹姆斯·斯科特·贝尔	2016年11月
小说创作技能拓展	陈鸣	2016年4月
故事力学：掌握故事创作的内在动力	拉里·布鲁克斯	2016年3月
写小说的艺术	安德鲁·考恩	2015年10月
弗雷的小说写作坊：让劲爆小说飞起来	詹姆斯·N.弗雷	2015年7月
弗雷的小说写作坊：劲爆小说秘境游走	詹姆斯·N.弗雷	2015年7月
经典情节20种（第二版）	罗纳德·B.托比亚斯	2015年4月
故事工程——掌握成功写作的六大核心技能	拉里·布鲁克斯	2014年6月
★冲突与悬念——小说创作的要素	詹姆斯·斯科特·贝尔	2014年6月
情节与人物——找到伟大小说的平衡点	杰夫·格尔克	2014年6月
★经典人物原型45种——创造独特角色的神话模型（第三版）	维多利亚·林恩·施密特	2014年6月
★30天写小说	克里斯·巴蒂	2013年5月

★情节！情节！——通过人物、悬念与冲突赋予故事生命力	诺亚·卢克曼	2012 年 7 月
★开始写吧！——虚构文学创作	雪莉·艾利斯	2011 年 1 月
★小说写作教程——虚构文学速成全攻略	杰里·克利弗	2011 年 1 月
综合类写作指导		
与逝者协商——布克奖得主玛格丽特·阿特伍德谈写作	玛格丽特·阿特伍德	2019 年 10 月
童书写作指南	玛丽·科尔	2018 年 7 月
心灵旷野：活出作家人生	纳塔莉·戈德堡	2018 年 1 月
来稿恕难录用：为什么你总是被退稿	杰西卡·佩奇·莫雷尔	2018 年 1 月
大学创意写作·应用写作篇	葛红兵 许道军 主编	2017 年 10 月
大学创意写作·文学写作篇	葛红兵 许道军 主编	2017 年 4 月
从创意到畅销书：修改与自我编辑	詹姆斯·斯科特·贝尔	2016 年 1 月
写作是什么：给爱写作的你	克莉·梅杰斯	2015 年 10 月
故事工坊	许道军	2015 年 5 月
写好前五十页	杰夫·格尔克	2015 年 1 月
作家创意手册	杰克·赫弗伦	2015 年 1 月
创意写作教学（实用方法 50 例）	伊莱恩·沃尔克	2014 年 3 月
你的写作教练（第二版）	于尔根·沃尔夫	2014 年 1 月
诗性的寻找——文学作品的创作与欣赏	刁克利	2013 年 10 月
创意写作大师课	于尔根·沃尔夫	2013 年 7 月
★一年通往作家路——提高写作技巧的 12 堂课	苏珊·M. 蒂贝尔吉安	2013 年 5 月
写好前五页——出版人眼中的好作品	诺亚·卢克曼	2013 年 1 月
畅销书写作技巧	德怀特·V. 斯温	2013 年 1 月
成为作家	多萝西娅·布兰德	2011 年 1 月
类型文学写作指导		
开始写吧！——推理小说创作	劳丽·拉姆森	2016 年 7 月
开始写吧！——科幻、奇幻、惊悚小说创作	劳丽·拉姆森	2016 年 1 月
弗雷的小说写作坊：悬疑小说创作指导	詹姆斯·N. 弗雷	2015 年 10 月
网络文学创作原理	王祥	2015 年 4 月
好剧本如何讲故事	罗伯·托宾	2015 年 3 月
写我人生诗	塞琪·科恩	2014 年 10 月
开始写吧！——影视剧本创作	雪莉·艾利斯	2012 年 7 月
青少年写作指导		
北大附中创意写作课	李韧	2020 年 1 月
北大附中说理写作课	李亦辰	2019 年 12 月
奇妙的创意写作：让你的故事和诗飞起来	卡伦·本基	2019 年 3 月
会写作的大脑 1：梵高和面包车（修订版）	邦妮·纽鲍尔	2018 年 7 月
会写作的大脑 2：怪物大碰撞（修订版）	邦妮·纽鲍尔	2018 年 7 月
会写作的大脑 3：33 个我（修订版）	邦妮·纽鲍尔	2018 年 7 月
会写作的大脑 4：亲爱的日记（修订版）	邦妮·纽鲍尔	2018 年 7 月
写作魔法书——让故事飞起来	加尔·卡尔森·莱文	2014 年 6 月

创意写作书系·青少年系列

《会写作的大脑》（套装四册）

作者：【美】邦妮·纽鲍尔 出版时间：2018年6月

《会写作的大脑1·梵高和面包车（修订版）》

这是一本给青少年的创意写作练习册，包括100个趣味写作练习，它将帮助你尽快进入写作，并养成写作习惯。你只需要一支笔和每天十分钟，就可以加入这个写作训练营了。

《会写作的大脑2·怪物大碰撞（修订版）》

本书包含了100个充满创意、异想天开的写作练习，帮助你迅速进入状态，并且坚持写作。你在开始写作时遇到过困难吗？以后不会了！拿起这本书，释放你内心的作家自我吧！

《会写作的大脑3·33个我（修订版）》

在这本书中，你会用各种各样的工具、用各种各样的姿势、在各种各样的地方写作。它将帮助你向内探索，把自己的生活写成故事。

《会写作的大脑4·亲爱的日记（修订版）》

本书是那些需要点燃或者重启写作灵感的人的完美选择。无论何时、何地，只要你翻开这本书，开始动笔跟着练习去写，它都能激发你的创造力，给你的写作过程增加乐趣，并帮助你深入生活、形成自己的创作观。

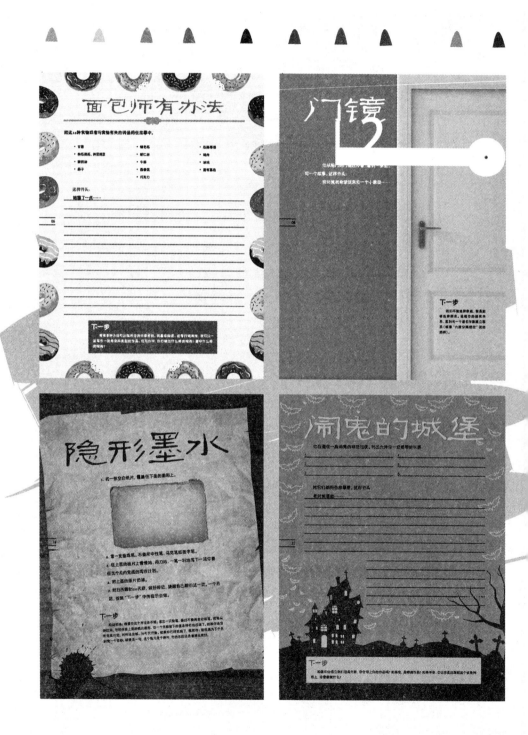

图书在版编目（CIP）数据

　　一年通往作家路：提高写作技巧的12堂课/（美）蒂贝尔吉安著；李琳译.—北京：中国人民大学出版社，2013.5
　　（创意写作书系）
　　ISBN 978-7-300-17366-5

　　Ⅰ.①一… Ⅱ.①蒂… ②李… Ⅲ.①文学创作-写作学 Ⅳ.①I04

　　中国版本图书馆CIP数据核字（2013）第081753号

创意写作书系

一年通往作家路——提高写作技巧的12堂课

苏珊·M·蒂贝尔吉安　著

李琳　译

Yinian Tongwang Zuojialu

出版发行	中国人民大学出版社			
社　　址	北京中关村大街31号		**邮政编码**	100080
电　　话	010 - 62511242（总编室）		010 - 62511770（质管部）	
	010 - 82501766（邮购部）		010 - 62514148（门市部）	
	010 - 62515195（发行公司）		010 - 62515275（盗版举报）	
网　　址	http://www.crup.com.cn			
经　　销	新华书店			
印　　刷	天津中印联印务有限公司			
规　　格	160 mm×235 mm　16开本		**版　　次**	2013年5月第1版
印　　张	16.25 插页1		**印　　次**	2021年2月第9次印刷
字　　数	189 000		**定　　价**	49.00元